Jazz en Dominicana

Las Entrevistas

Fernando Rodriguez De Mondesert

Ukiyoto Publishing

All global publishing rights are held by

Ukiyoto Publishing

Published in 2020

Content Copyright ©

Fernando Rodriguez De Mondesert

Cover Art by **Guillermo Mueses**

Corrections by **Alexis Mendez**

ISBN 9789362692726

All rights reserved.
No part of this publication may be reproduced, transmitted, or stored in a retrieval system, in any form by any means, electronic, mechanical, photocopying, recording or otherwise, without the prior permission of the publisher.

The moral rights of the author have been asserted.

This work comprises interviews in dual language. For fiction, names, characters, businesses, places, events, locales, and incidents are either the products of the author's imagination or used in a fictitious manner. Any resemblance to actual persons, living or dead, or actual events is purely coincidental.

This book is sold subject to the condition that it shall not by way of trade or otherwise, be lent, resold, hired out or otherwise circulated, without the publisher's prior consent, in any form of binding or cover other than that in which it is published.

The Author of this title is the Winner of
Ukiyoto Global Blog Awards 2019 Season II

Ukiyoto Global Blog Awards is aimed at identifying and recognising excellent blogs and writings and their authors or creators who can create an impact on the readers' minds.

The Award is destined towards nurturing talent and creativity and promoting them in the global ecosystem. Ukiyoto promises to produce high-quality content which is original, creative and innovative and recognise those individuals who bring out such quality.

www.ukiyoto.com

The Interviews in this book are in Spanish followed by their translations in English.

Dedicatoria

Dedico esta obra, que recopila las entrevistas publicadas en el blog de Jazz en Dominicana en el 2019 a mi esposa Ilusha, quien ha sido mi gran apoyo, consejera, inspiración y sobretodo ... mi amiga. A Sebastián, Renata y Carlos Antonio, que a diario me dan razones y lecciones de cómo ser mejor y dar más. A Ianko, Grethel y Pedro. A los que me han ayudado en grande con esta publicación: Alexis Méndez, Guillermo Mueses y cada uno de los entrevistados. Es por todos ustedes y por el jazz en la República Dominicana que estos esfuerzos se hacen y se seguirán haciendo.

Dedication

I dedicate this book, which compiles the interviews published in Jazz en Dominicana´s blog in 2019 to my wife Ilusha, who has been my great support, advisor, inspiration and especially ... my friend. To Sebastian, Renata and Carlos Antonio, whom each day give me reasons and lessons on how to be better and give more. And, to Ianko, Grethel and Pedro. To those who have greatly helped me with this publication: Alexis Méndez, Guillermo Mueses and each of the interviewees. It is for all of you and Jazz in the Dominican Republic that I do and will continue to do.

Agradecimientos

Estoy muy agradecido de ver que lo que empezó el 23 de octubre de 2006 como un medio digital enfocado a informar sobre la dinámica del jazz realizada en nuestro país, se ha convertido en un proyecto que ha realizado una labor de promoción y desarrollo de nuestros talentos. Gracias a los músicos (los de ayer, los de hoy y los del mañana), a todos los que en estos años han entregado sus talentos en nuestros espacios semanales, conciertos y eventos afines. Gracias al público que sigue el jazz; a los establecimientos (bares, restaurantes, espacios culturales y otros) que en estos años han sido sede de eventos y conciertos; a las marcas que nos han apoyado como patrocinadores; a los medios; a grandes amigos por su apoyo y respaldo. Y muy en especial, al equipo de Jazz en Dominicana.

Con mucha ilusión, entrega, pasión y espíritu de caridad se iniciamos este proyecto y estoy seguro que así continuará.

Por eso, a todos mis profundas gracias.

Acknowledgements

I am very grateful and excited to see that what began on October 23, 2006 as a means of informing about the jazz that was being carried out in our country, has become a project that has carried out the promotion and development of jazz and as well our talents in this genre. Thanks to you, the Musicians, (those of yesterday, today and tomorrow); to those who in all these years have played and continue to turn in their talents in our venues, concerts and events. Thanks to the large audiences that support; to those that in these years have been venues for events and concerts; to the businesses that have supported us as sponsors; to the media; to great friends for upholding and supporting us. And, Thanks to the Jazz en Dominicana Team.

With great enthusiasm, dedication, passion and love, this project began and will continue.

To all, my deepest thanks!

A modo de introducción

Disciplina y constancia son palabras fáciles de pronunciar y escribir.

Lo difícil es convertirlas en acción, y más si se ejecutan al mismo tiempo. Lograrlo conduce al éxito escalonado, ese que no encuentra techo, como el que viene experimentando Fernando Rodríguez de Mondesert y su proyecto Jazz en Dominicana.

Las cifras hablan. Más de 1170 eventos, periódicos y esporádicos, realizados en distintos espacios, por los que han desfilado músicos dominicanos y extranjeros de renombre, así como jóvenes que han visto en éstos la oportunidad de presentar sus propuestas en vivo. A eso sumamos más de 1700 publicaciones en el blog donde empezó todo, quizás como una forma de desahogo o una manera de mostrarle a más personas el talento local y una juiciosa labor.

Ese blog fue premiado, y el referido premio es el motivo que ha generado el compilado que presenta esta tinta.

El Global Blog Awards 2019 ha reconocido, desde Japón a jazzendominicana.blogspot.com como segundo finalista en todo el mundo. Es una distinción que, en principio, a muchos nos ha sorprendido; pero luego, con cabeza fría, conectamos con esa disciplina y constancia que a diario pone en práctica Rodríguez de Mondesert (casi un sacerdocio), y decimos: "merecidísimo".

Lo cierto es que, si la República Dominicana cuenta con un verdadero blogger, ese es Fernando. Él posee el acervo y la suficiente experiencia para tratar el tema de la música, y dentro de ella, el jazz; y el hecho de contarnos cómo se comporta el universo del jazz en su país, lo especializa más. Además, y eso lo sabe todo el que lo conoce o tiene alguna referencia de él, es poseedor del mayor tesoro: la pasión.

Lo dicho se evidencia en esta serie de entrevistas que fueron publicadas el año pasado, y que nos delinean la escena del jazz en la República Dominicana. Se trata de 11 conversaciones que, para este libro han sido revisadas y corregidas por su autor. Son 7 músicos: Hedrich Baéz (pianista), Marcio García (pianista), Patricio Bonilla (trombonista), Juan Francisco Ordoñez (guitarristas), Alfredo Balcácer (guitarrista), Josean Jacobo (pianista), Vlade Guigni (baterista); y 4 productores de programas de radio: Alexis Méndez (Música Maestro), Raquel Vicini (Besos y abrazos con Raquel y José), Cesar Namnúm, que también es músico, dedicado al jazz y otras expresiones (Compasillo) y Cesar Payamps (Espacio Universal). En las mismas, se presenta un esquema sencillo y orgánico a la hora de preguntar, que llevó a respuestas concretas, que saca a flote la diversidad de criterios y da particularidad a cada diálogo.

Esta selección conformada por entrevistas recientes enseña cuán amplio se ha tornado el ecosistema cultural, musical y periodístico, por así llamarlo, a consecuencia de la apasionada labor de Fernando; que sin duda se ha posicionado como una alternativa sólida en la relación jazz y cultura en nuestra sociedad.

A continuación, encontraremos una muestra de cómo un talento individual, sin estructuras de alto costo, poco a poco se ha convertido en un liderazgo práctico, que ha roto barreras. Eso es Jazz en Dominicana, resorte del talento musical dominicano.

Alexis Méndez

Enero 2020

Introduction

Discipline and constancy are easy words to pronounce and write. The difficult thing is to turn them into action, and more if they are performed at the same time. Achieving it leads to staggered success, the one that finds no ceiling, like the one Fernando Rodríguez de Mondesert has been experiencing with his project Jazz en Dominicana (Jazz in the Dominican Republic).

The numbers speak. More than 1170 events, periodic and sporadically, held in different venues, for which renowned Dominican and foreign musicians have strutted, as well as young tigers who have been able, to in them, have the opportunity to present their proposals. To that we add more than 1700 posts in the blog where it all started, perhaps as a form of relief or a way to show more people local talent and judicious labour.

That blog was awarded, and the aforementioned prize is the reason that has generated the compilation that are presented in these words. The Global Blog Awards 2019 has recognized jazzendominicana.blogspot.com as the second finalist ,worldwide. It is a distinction that, in principle, has surprised many of us; but then, thinking coldly, we connect with that discipline and perseverance that Rodríguez de Mondesert (almost a priesthood) puts into practice on a daily basis, and we say: "very much deserved".

The truth is that, if the Dominican Republic counts on having a true blogger, it is Fernando. He has the accumulated set of cultural assets and enough experience to deal with the subject of music, and within it, jazz; and the fact of telling us how the jazz universe behaves in his country, specializes him even more. In addition, and everyone who knows or has any reference of him knows that, he is the holder of the greatest treasure: passion.

The above is evidenced in this series of interviews that were published last year, and that delineate the jazz scene in the Dominican Republic. These are 11 conversations that, for this book, have been reviewed and corrected by the author. There are 7 musicians: Hedrich Baéz (pianist), Marcio García (pianist), Patricio Bonilla (trombonist), Juan Francisco Ordoñez (guitarists), Alfredo Balcácer (guitarist), Josean Jacobo (pianist), Vlade Guigni (drummer); and 4 radio program producers/hosts: Alexis Méndez (Musica Maestro), Raquel Vicini (Besos y Abrazos con Raquel y José), Cesar Namnúm, who is also a musician, dedicated to jazz and other expressions (Compasillo) and Cesar

Payamps (Espacio Universal). In them, a simple and organic scheme is presented at the time of asking the questions, leading to concrete answers, which bring out the diversity of criteria and give particularity to each dialogue.

This selection made up of recent interviews shows how wide the cultural, musical and journalistic ecosystem has become, so to speak, as a result of Fernando's passionate work; which has undoubtedly positioned itself as a solid alternative in the relation between jazz and culture in our society. In what follows we will find a sampling of how an individual talent, without high-cost structures, has gradually become a practicing leader, who has broken barriers. That is Jazz en Dominicana, a fountain of the Dominican musical talent.

Alexis Mendez

January 2020

Un libro con música para escuchar

Como una forma de hacer esta lectura interactiva y didáctica, hemos sustentado este texto con la inclusión de códigos de respuesta rápida ¨QR¨ (Quick Response Code). Este nos permite escuchar al instante, a través de un teléfono móvil u otro dispositivo tecnológico, muestras de los trabajos de los músicos entrevistados, así como de los programas radiales resultados.

Este es un recurso que que conecta a los lectores con los entrevistados.

Descarga un aplicación de lectura de Código QR, disponibles en Google Play Store, si tienes Android, o App Store, si cuentas con tecnología de Apple.

A book with music to listen to

As a way of having these readings interactive and didactic, we have supported the texts with the inclusion of ¨QR¨ (Quick Response Code). This allows us to listen instantly, through a mobile phone or other technological device, samples of the work of the musicians interviewed, as well as of the radio personalities.

This is a resource that connects readers with those interviewed.

Download a QR Code reading application, available in Google Play Store, if you have Android, or App Store, if you have Apple technology

CONTENIDO/ CONTENTS

Hedrich Báez	1
Marcio García	9
Patricio Bonilla	18
Juan Francisco Ordóñez	27
Alfredo Balcácer	34
Josean Jacobo	45
Vlade Guigni	56
Alexis Méndez	65
Raquel Vicini	76
César Namnúm	85
César Payamps	94

The Interviews in English

Hedrich Baez	106
Marcio García	114
Patricio Bonilla	123
Juan Francisco Ordóñez	131
Alfredo Balcacer	138
Josean Jacobo	149
Vlade Guigni	160
Alexis Mendez	169
Raquel Vicini	180
Cesar Namnúm	189
Cesar Payamps	198
Sobre el Autor/About the Author	*209*
Interviewee Photographs	*213*

Hedrich Báez

Es Pianista, Tecladista y Compositor, con una licenciatura en educación musical de la universidad Autónoma de Santo Domingo (UASD). Ha trabajado con diversos grupos dominicanos, participando en festivales a nivel nacional e internacional: Fernando Echavarría y la Familia André, Maracandé, José Duluc, Roldan Mármol y su grupo, Xiomara Fortuna y Sin Hora Band, Paul Austerlitz, entre otros.

Su interés por la fusión de la música afro-dominicana con el jazz, así como sus estudios y experiencia en la vida musical y su búsqueda de nuevas sonoridades le han dado las bases para poder crear el proyecto Hedrich Báez & La Juntiña. Recientemente conversamos con Hedrich para hablar de su vida, su música y el lanzamiento de "Un día como hoy", su primer álbum. A continuación, el resultado del muy placentero encuentro:

Jazz en Dominicana (JenD): Iniciamos preguntándote: Hedrich según Hedrich?

Hedrich Báez (HB): Un hombre honesto, solidario, apasionado de la música y siempre con deseos de seguir experimentando en busca de nuevas experiencias musicales.

JenD: Cómo te inicias en la música?

HB: Inicio en la música a la edad de 10 años. Le pedí a mi padre poder estudiar piano y él me inscribió en clases particulares con la profesora Doña Celeste de Marcos, quien también era profesora de la Escuela Elemental. Desde ese entonces iniciamos el viaje.

JenD: Quiénes te han influenciado?

HB: Las influencias más importantes que he tenido a lo largo de mi vida se han dado gracias al interés que desarrollé, desde temprana edad, de escuchar música. Grupos como Deep Purple, Yes, King Crimson, Led Zeppelin, Stevie Ray Vaughan, MegaDeath, Oasis, Fleetwood Mac, Pink Floyd, Björk, Pat Metheny Group, Chick Corea Electric Band, Gonzalo Rubalcaba, Irakere, Miles Davis, Dizzy Gillespie, Joshua Redman, Michel Camilo, Allan Holdsworth, Tribal Tech, Chic, Wilfrido Vargas, Juan Luis Guerra, Ramón Orlando y la Orquesta Internacional,

Fernando Villalona, así como otras bandas de merengue, bachata, boleros clásicos, salsa... artistas como Xiomara Fortuna, José Duluc, Pedro Aznar, Richard Bona, Salif keita, Incognito entre muchos otros... pianistas como Keith Jarret, Bill Evans, George Duke, Lyle Mays, Brad Mehldau, Ramón Orlando Valoy, Leo Pimentel, Juan Valdez entre muchos otros. Una de las personas que más me ha influenciado musicalmente fue Iván Carbuccia por los muchos consejos recibidos.

JenD: Qué me dices de tus estudios?

HB: Estudié piano clásico con Doña Celeste de Marcos, Educación Musical en la UASD. Piano Popular con el maestro Yoyo Medina, con Domingo Lorenzo piano para merengue, Armonía tradicional con Santiago Fals, Armonía Contemporánea con Javier Vargas, y algunas clases con Gustavo Rodríguez.

JenD: Cómo entiendes que ha ido evolucionando tu música?

HB: He estado interesado en la composición desde hace unos 18 años. Al principio mi música no estaba ligada a la dominicana. Esto fue cambiando en la medida que me fui involucrado más a fondo con nuestras raíces y haber sido parte, o haber colaborado, con exponentes importantes de nuestra música fusión: Fernando Echavarría y La Familia André, Xiomara Fortuna, Magic Mejía, Roldan Mármol, José Duluc, David Almengod entre otros. Estas experiencias, más mis influencias musicales, evolucionaron por completo mi manera de componer.

JenD: De qué trata Hedrich Báez y La Juntiña?

HB: Hedrich Báez & La Juntiña surge del interés por hacer música dominicana, luego de haber vivido tantas bonitas experiencias y haber ido repetidas veces a los campos a distintas manifestaciones folklóricas, tenía mucha información que fui plasmando poco a poco en composiciones. La primera persona con la que hablé para colaborar con este proyecto fue Magic Mejía, quien ha sido un importante colaborador ensamblando las percusiones y es quien le da el nombre de "La Juntiña".

JenD: Cómo te sientes al crear y ser líder de tu propia agrupación? Quiénes la conforman?

HB: Para mí ha sido todo un reto y un aprendizaje. Me siento feliz de haber podido dar este paso tan importante en mi carrera y vida musical. Mis músicos son: Magic Mejía, José Ramón Rodríguez y Moisés

Silfa y Gabriel Henríquez en la percusión; Otoniel Nicolás en la batería; Denis Belyakov, saxofones; y Rigoberto Cabrera en el bajo eléctrico y acústico.

JenD: Próximamente estarás lanzando tu primer álbum, "Un día como hoy", cuéntanos sobre el álbum, el porqué del mismo, el o los estilos utilizados.

HB: Este es la materialización de un sueño personal, resultado de una necesidad continua de hacer música y una manera de exponer mi punto de vista como compositor. En este primer álbum hacemos un recorrido por algunas de las manifestaciones folklóricas más importantes del país, sus toques y cantos: la salve, priprí, mangulina, pambiche, bachata, gagá, palo muerto, palo, congo de Villa Mella, chuín de Baní. Son algunas de las expresiones con la cual experimentamos, mezclando los colores sonoros de nuestra música con la armonía moderna del jazz.

JenD: Qué piensas, buscas y esperas de esta producción?

HB: Este es solo el inicio ya que la intención es continuar haciendo música, siempre destacando los ritmos de nuestro país. De esa manera compartir nuestra pasión y transmitir la alegría que sentimos al interpretarla. Esperamos proyectar a nivel nacional e internacional este álbum y lograr ser una digna representación de la música dominicana.

JenD: Cuáles temas fueron especiales para ti en ésta?

HB: Todos las composiciones son especiales y cada una tiene una historia individual, pero debo mencionar "Un día como hoy", el cual puso nombre a esta producción y es uno de los más especiales porque fue el primer tema que compuse para este proyecto. Otro es "Valequiro", que es un homenaje a mi abuelo fallecido Quirino Rodríguez procedente de Santiago Rodríguez. En la familia había un conjunto típico y este tocaba la güira.

JenD: Qué significa para ti el afrodominican jazz?

HB: Es una expresión musical que mezcla nuestra herencia afro-descendiente con los colores del jazz moderno.

JenD: Se están abriendo puertas para nuestro jazz en festivales del área. Retro Jazz, 4inTune, Josean Jacobo & Tumbao, y otros, se han estado en

festivales de la región ¿Qué significa esto para el jazz en el país, y para ti?

HB: La proyección y reconocimiento internacional obtenido por los grupos locales impacta de manera positiva el movimiento, ya que despierta el interés de los festivales y cada vez más personas son expuestas a las nuevas propuestas musicales de nuestro país. Para mí significa mucho primero porque me llena de regocijo saber que grupos locales están impulsando nuestra música a nivel internacional, segundo porque me motiva a seguir adelante y a trabajar para ser mejor cada día.

JenD: Qué otros planes hay para Hedrich Báez en 2019?

HB: Ahora estamos enfocados en prepararnos para el concierto de lanzamiento de nuestro primer álbum y tenemos algunas cosas cocinándose a nivel local e internacional.

Agradecemos a Hedrich por su tiempo, por sus bien elaboradas respuestas, por su música y por La Juntiña. Antes de dejarlo ir, le pedimos agregar alunas palabras para nuestros lectores, y su respuesta fue:

"Quisiera exhortarles a que apoyen los proyectos de música dominicana, no solo escuchando si no también comprando los

discos, compartiendo en las redes, asistiendo a los conciertos. De esta manera contribuyen a que sigamos creando y difundiendo otro ángulo de nuestra cultura musical".

Esta entrevista fue publicada el 24 de enero de 2019

En el QR de arriba pueden escuchar la producción discográfica ¨Hedrich Báez y La Juntiña - Un Día Como Hoy¨ . Cuyo lanzamiento fue el 2 de Marzo de 2019

Marcio García

Hace varios años que vi partir a un joven talento nuestro, Marcio García, sobrino de nuestros amigos Henry y Milagros, a estudiar a Colorado. Su interés era el piano, tanto en clásico como en jazz, algo que de inmediato me recordó a Michel Camilo. En uno de sus viajes de vacaciones de la universidad, se presentó una noche en el *Fiesta Sunset Jazz* y lo invitamos a tocar varias piezas .. que lejos había venido!!! Desde ese entonces hemos seguido más de carca su carrera … de asistir al *Lamont School of Music de la Universidad de Denver*, donde completó una licenciatura en piano clásico y una maestría en jazz, a estudiar piano clásico en Viena, Austria como parte del *Cherrington Global Scholars Program*, para luego mudarse a Nueva York para obtener un *Artist Diploma in Jazz Studies en la State University of New York (SUNY) Purchase Conservatory of Music*.

En noviembre del 2018, García grabó su primer álbum titulado "Forest", cuyo lanzamiento hoy!! Actualmente reside en la ciudad de Nueva York y gracias a la tecnología logramos hacerle la entrevista. Es un honor presentarles a Marcio García!!!

Jazz en Dominicana (JenD): Se que iniciaste tocando música clásica a los 7 años de edad. Cuando entras al jazz?

Marcio García (MG): Desde pequeño siempre me interesó la música. Mis padres tenían un pequeño teclado eléctrico y siempre se ha escuchado mucha música en la casa. Cuando me gustaba algo yo sacaba de oído las melodías o tonos que me parecían interesantes. Comencé mis estudios musicales a los siete años de edad en el Centro de Educación Musical Moderna, donde permanecí hasta mi graduación a los 17 años de edad, completando el título de profesor de piano (primera enseñanza), y después estudié brevemente música popular en el Conservatorio Nacional, donde empecé a desarrollar un interés hacia la improvisación.

JenD: Quiénes te influenciaron?

MG: En el ámbito composicional, me influencian Ravel y Debussy, cómo narran una historia, y cómo utilizan sonoridades específicas para manifestar la ilusión de imágenes o figuras. En cuanto a interpretación: Barry Harris, Chick Corea, Herbie

Hancock, Hank Jones, Sonny Clark, Cedar Walton. También he tenido la bendición de poder conocer , estudiar y formar amistades con muchos de mis ídolos del piano jazz como lo son David Hazeltine, Taylor Eigsti, Eldar Djangirov, Kevin Hays, entre otros.

JenD: Cómo fueron las experiencias en Denver, Colorado; Viena, Austria y Purchase, NY?

MG: Enriquecedoras desde que llegue a Estados Unidos. En Denver, Colorado complete una licenciatura en piano clásico y maestría en jazz. Mediante una beca me permitió estudiar piano clásico en Viena, Austria en el 2011, tuve acceso a una cultura muy rica, a nivel artístico, que me motivó a seguir desarrollando el ámbito composicional/improvisacional en mi música. Y ya tenia un tiempo con Nueva York en la mira, ya que quería estar entre los músicos que admiro, y es allí es donde están todos! La actitud musical en Nueva York es increíble, gracias a su diversidad cultural y la dinámica de vivir en la ciudad.

JenD: Cómo entiendes que has ido evolucionando como jazzista?

MG: He ido evolucionando como músico. Pienso que al categorizar músicos como jazzistas, clásicos, populares etc. se corre el riesgo de perder la intención del músico mismo. Al final no importa que estilo de música toques; eres músico, y estás tratando de llevar un mensaje a través de un lenguaje, como si fuera una conversación. Bach, Mozart, Beethoven, todos eran improvisadores, pero soy de opinión que desde el momento que se empezó a poner la música en papel, el concepto de "improvisación" se fue nublando. Realmente, nosotros como improvisadores somos una continuación de ese mismo movimiento del cual estos grandes compositores eran parte.

Personalmente, he aprendido a entender la música desde un aspecto conversacional: hay diálogo, hay espacio, hay un mensaje, así como lo es cuando nos comunicamos con nuestros idiomas.

JenD: Eres instrumentista, compositor, arreglista. Que te gusta más?

MG: Me encanta la pedagogía. Actualmente tengo un estudio con una buena cantidad de estudiantes privados, así como también soy parte de la facultad de *ACME Hall Studios*, una escuela de música privada en Park Slope, Brooklyn.

Lo cierto es que quiero compartir todo lo que he ido aprendiendo con las futuras generaciones. Siempre trato de hacer énfasis en la importancia del estudio de un instrumento musical, ya que ésta actividad modifica la estructura del cerebro. Es beneficioso para la memoria, la socialización y las habilidades lingüísticas.

JenD: Cómo te sientes al crear... al componer?

MG: La composición me permite crear ambientes musicales en base a mis gustos: es como escribir una historia y elegir los personajes a tu gusto. Es más gratificante aun cuando el oyente entiende la narrativa de tu composición con tan solo escuchar.

JenD: Con una carrera apenas inicia, ya has participado en el *Stanford Jazz Institute, Monterey Next Generation Jazz Festival, Five Points Jazz Festival, Carnegie Hall, Blue Note, Birdland y el Dizzy's Club Coca-Cola en Lincoln Center*. Que han significado para ti estas experiencias?

MG: Cada experiencia ha sido muy gratificante. Ha sido grandioso poder presentar música en escenarios reconocidos, y especialmente a personas con diferentes identidades culturales. Mientras más pueda acceder a más personas, mejor, pero siempre siendo honesto a la intención musical, sin importar donde sea la presentación.

JenD: Estás lanzando ¨Forest¨, tu primer álbum musical. Cuéntanos sobre éste trabajo, el porque del mismo, el o los estilos que están presentes.

MG: "Forest" es una compilación de seis temas originales. Los escribí basándome temáticamente en conversaciones y experiencias dentro de un bosque imaginario. Volviendo al estilo composicional de Ravel, soy apasionado del impresionismo, y decidí tratar de reproducir algunos elementos de este bosque ficticio, manteniendo una identidad sonora única.

JenD: Qué piensas, buscas y esperas de esta producción?

MG: Quiero que sea accesible a todo el mundo. No es música exclusiva para ningún público en especifico. Es una introducción a mis texturas sonoras en el piano acústico y a quien soy musicalmente. Espero poder llevar esta música en vivo a todas partes del mundo!

JenD: Cuáles formatos utilizas en el álbum? ¿Quiénes te acompañan?

MG: Tengo cuatro temas para trío, uno para cuarteto y uno solo piano. En el primer tema tengo a Doug Weiss en el bajo, reconocido por su trabajo con el cuarteto del legendario baterista Al Foster y el trío de

Kevin Hays, a quien conocí en el conservatorio de *SUNY Purchase*, donde es parte de la facultad y donde completé un *Artist Diploma*. En el segundo presento al saxofonista Rich Bomzer, quien también conocí en el conservatorio de SUNY Purchase cuando éramos parte de la Big Band de Jazz. Rich es un músico increíble, con unas ideas composicionales muy únicas y un sonido cautivador.

El trío lo componen: Myles Sloniker en el bajo, nativo de Colorado y excelente bajista en la escena del jazz y folk en Nueva York, quien ha trabajado con Ron Miles, Jeff Coffin, David Hazeltine. En la batería está Jimmy Macbride, nativo de Connecticut y egresado de *Juilliard*, quien ha trabajado con nombres como el saxofonista Jimmy Greene, los pianistas Eldar Djangirov, Beka Gochiashvili, David Virelles entre otros. Y un servidor en el piano.

JenD: Cual tema o temas fueron especiales para ti en éste álbum?

MG: Todos los temas forman parte de una misma narrativa, y todos son especiales, pero el tercer tema, "II. Valley" creo que manifiesta, de una manera muy particular, esos bloques sonoros que tenia en mente.

JenD: Que otros planes tiene Marcio García para este año?

MG: Escribir más, colaborar con otros músicos, llevar mi música a todas partes del mundo y seguir absorbiendo conocimiento cada día. Actualmente estoy organizando presentaciones para llevar este proyecto a oídos dominicanos. Manténganse en sintonía!

Especial agradecimiento a Marcio por su tiempo, por su dedicación, por manteneos al tanto de sus quehaceres, sus logros… por su amistad. Y, a la vez, nos comprometemos a mantener a nuestros lectores al tanto de la carrera, que apenas inicia.

Antes de despedirme, le pedí a Marcio, agregar algunas palabras para nuestros lectores:

"Gracias por su apoyo al arte y a la música! Si son amantes del jazz, compartan con sus familiares, colegas y amistades. Algo tan simple como ir a un show de música en vivo, o un "like", o "share/repost"; el simple hecho de estar presente puede ayudar a un artista a conectar con más personas´.

Esta entrevista fue publicada el 4 de marzo de 2019

El QR le llevará a poder escuchar de la producción: "Marcio García - Forest". La misma fue lanzada en los Estados Unidos el 4 de Marzo de 2019

Patricio Bonilla

El pasado 24 de Febrero, el trombonista Patricio Bonilla, lanzó su primera producción discográfica "Volando Bajito". Conversando sobre el tema, decidimos que vendía bien una entrevista, y que la misma formara parte de nuestra "Jazz en Dominicana - Serie Entrevistas". El resultado de nuestro encuentro se publica a continuación.

Pero antes, conozcamos un poco sobre Patricio. Nace en la ciudad de los bellos atardeceres: Mao, provincia Valverde. Luego se muda a Santiago de los Caballeros, y allí realiza sus estudios en el instituto de Cultura y Arte (ICA), donde adquirió una sólida preparación. Varios talleres de jazz aportaron mucho a su nivel de improvisación en el trombón, por lo demás la universidad de la vida se encargo de pulir el resto.

Bonilla es un conocedor profundo de la técnica que se requiere para conocer un instrumento, en especial el trombón, uno de los más difíciles de tocar bien, por sus intrincadas posiciones y problemas de afinación.

Estas dos condiciones son vitales para el desarrollo de un instrumentista, lo que Patricio logró. Tiene ¨tremendo oído¨ -o lo que se conoce como "Perfect Pitch/Oído Perfecto"- lo cual significa que tiene la capacidad de identificar cualquier sonido al instante. Su lectura musical es admirable; es lo que se conoce como "Lector a Primera Vista/First Sight Reader". Esta cualidad le permite tocar con el menor índice de error, ya que puede leer tres y/o cuatro compases por adelantado.

Patricio ha trabajado con los mejores productores musicales del país. También ha participado en innumerables grabaciones de artistas como: Juan Luis Guerra, Ramón Orlando, Jorge Taveras, Dioni Fernández, Sergio George, y Manuel Tejada, entre otros. Asegura que trabajar con diversos productores le ha nutrido profesionalmente. Junto a su trombón ha acompañado en sus giras internacionales a Rubén Blades, Alejandro Sanz, Miguel Bosé, Enrique Iglesias, Juanes, Ricky Martin, Juan Luis Guerra, y Arturo Sandoval. Puerto Rico, Estados Unidos, Japón, Holanda, Noruega, Costa Rica son algunos de los países que ha pisado llevando música, sin olvidar sus raíces.

Actualmente toca con Juan Luis Guerra y 440; y su propio proyecto: La Banda. Ahora, a la entrevista.

Jazz en Dominicana (JenD): Quiero iniciar esta conversación preguntando Patricio Bonilla, Quién es Patricio Bonilla?

Patricio Bonilla (PB): Un ser humano con virtudes y defectos, siempre empeñado en la búsqueda de mejoras sin dañar a nadie. Como profesional, una persona competitiva, en el buen uso de la palabra, buscando siempre la forma de transformar lo cotidiano en algo nuevo para el disfrute y deleite de quienes creen en él y siguen la buena música

JenD: Cómo te inicias en la música? Por que escoges el trombón?

PB: Inicio a la edad de 12 años en la academia municipal de música en mi pueblo, por una iniciativa de mi madre de que yo estudiara música. Más no escogí el trombón, quería saxofón tenor pero no había en ese entonces y me pusieron un bombardino. De ahí, como bombardino y el trombón usan la misma boquilla, tras la búsqueda de un instrumento más popular, decidí quedarme con el trombón.

JenD: Quiénes te influenciaron?

PB: Tras el paso de los años vas viendo de todo tipo de influencias. Una de las principales fue el famoso trombonista norteamericano Bill Watrous, por sus técnicas tan peculiares. Además, escuchar la música de Frank Rosolino, J. J. Johnson, J. P. Torres, Robin Eubanks, Steve Turre entre otros marcaron un estilo en mi carrera como trombonista.

JenD: Has tocado de todo: Jazz, Blues, Pop, Rock, etc. Qué prefieres, y por que?

PB: No me gusta ver la música como un género en específico. De cada uno, me sacar algo que pueda aportar a lo que esté haciendo en el momento. Y en ese momento me gusta el que me de más libertad de ser yo como instrumentista.

JenD: Cómo ha ido evolucionando tu música?

PB: Yo diría que en un 95%, la madures con la que puedo hacer y ver la música en estos momentos pueden definir mi evolución como artista.

JenD: Has tocado en varios eventos y festivales con tu grupo de Jazz Funk. En que está ese proyecto?

PB: Ese proyecto se llamó Transit Jazz y fue una escuela para nuestra carrera. Ya no existe pero dejó sus frutos ... sin lugar a dudas.

JenD: Cuéntanos sobre la experiencia de tocar con Juan Luís Guerra?

PB: Juan Luis guerra es una universidad para cualquier instrumentista que pase por sus manos, por su agrupación. Doy gracias, pues con él, la búsqueda de la perfección quedó impregnada en mi, lo que suma calidad a todo lo que puedo hacer.

JenD: Eres multi instrumentista, compositor, arreglista - Qué más te gusta?

PB: Estoy estudiando, incursionando en el Flugelhorn, trabajando para brindarles música con este instrumento tan hermoso.

JenD: Cómo significado tiene para ti componer?

PB: Es mi espacio de libertad, necesario para darle sentido a lo que hago. Componer es como traer retoños de mi alma al mundo, dar vida a mis pensamientos.

JenD: Acabas de lanzar tu primera producción discográfica "Volando Bajito". Cuéntanos sobre el álbum.

PB: Es mi primer bebé donde me destaco como músico, arreglista y compositor. Este álbum es una recopilación de mis primeras composiciones, las que siendo niño, son llevadas a orquestación grande e interpretadas en ritmos caribeños fusionados con el jazz. Consta de 9 temas, entre los cuales encontraremos desde danzón, merengue típico, y fusión de géneros.

JenD: Qué piensas, buscas y esperas de esta producción?

PB: Pienso que es una buena fusión de ritmos que puede llegar a otros públicos seguidores de la buena música. Busco la aceptación del público que sigue lo bueno. Espero que el mundo pueda escuchar mi música y ver que dentro de mi hay mucho más que un Trombonista.

JenD: Quiénes te acompañan en éste proyecto?

PB: En el disco participaron grandes músicos dominicanos como por ejemplo; Isaias Leclerc, Abel González, Jarrington de León, Bilma Olivence, Otoniel Nicolás, Gregory Carlot, Joel Ramírez, Israel

Frías, Bebé Tambora, Manuel Saleta (Tuti), Luis Mojica, Rafael Carrasco, Fauris Acordeón, Manuel Paulino (El gran Minimambo), Junior Sánchez, Juan Gabriel (participación especial) Jiménez, Rafael Ortega, José Antonio Carrasco, Jairo Milanés, y Alexis del Rosario (camakito).

JenD: Cuál es tu tema preferido? Consideras que ésta es una producción jazz?

PB: Me encanta "Tipitromb" por ser un merengue típico con trombón. Los dominicanos sabemos lo rápido que es el tiempo de nuestra música típica e interpretarla con un trombón fue todo un reto. Me llena mucho "Mi Razón", donde en un bolero, el trombón lleva la voz cantante de una melancólica melodía.

Considero esta producción como una fusión de Ritmos Caribeños mezclados con Jazz

JenD: Qué otros planes tienes para este año?

PB: Seguir escribiendo música y llevarla a playas extranjeras, nuevos proyectos como solista que estamos trabajando.

Felicitaciones a Patricio por ésta excelente producción, en la que lo deja todo, todo lo entrega, para que nosotros seamos testigos de todo lo que su corazón y alma expresan, lo que se manifiesta en ¨Volando Bajito¨.

Para finalizar Patricio agrega:

¨Cabe destacar que soy el primer trombonista Dominicano que lanza un álbum como solista. Exhorto que sigan apoyando este maravilloso blog que sirve de soporte a los que nos empeñamos por hacer buena música. Gracias mi querido Fernando por el apoyo de siempre¨!

Esta entrevista fue publicada el 14 de marzo de 2019

El QR de arriba lo levará a disfrutar de la producción Volando Bajito de Patricio Bonilla. Su lanzamiento fue el 24 de Febrero de 2019.

Juan Francisco Ordóñez

En *La Azotea del Dominican Fiesta Hotel & Casino*, nos encontramos con el instrumentista, compositor, arreglista, y amigo de años, Juan Francisco Ordóñez. Hablamos de temas que, alrededor de una fecha que se aproxima, nos unen y nos interesan.

Juan Francisco nació en el barrio San Carlos, en Santo Domingo, un 4 de Octubre. Es hijo de los emigrantes Asturianos José Ordóñez García y Crisanta González. A los 11 años comenzó sus estudios de guitarra con el profesor Blas Carrasco, continuándo luego de forma autodidacta. Aprendió lectura musical con la profesora Sonia de Piña. Sus estudios primarios y secundarios los realizó en el Colegio Dominicano De la Salle y obtuvo una licenciatura en Ciencias Económicas en la Universidad Autónoma de Santo Domingo (UASD).

Entre 1976-1977 formó parte del grupo ¨Convite¨, referencia imprescindible para hablar del rescate y transformación del folklore dominicano en los años 70. A finales de 1982 fundó, con Luís Días, el grupo Transporte Urbano, del cual fue guitarrista líder por casi 25 años. En el 1985 viajó a Moscú, donde realizó varias presentaciones junto a Patricia Pereyra y Luís Días en el marco del Festival Mundial de la Juventud y los Estudiantes. Por esa época comenzó a pensar en proyectos de fusión tales como OFS, trío formado conjuntamente por Guy Frómeta (batería) y Héctor Santana (bajo). Este grupo viajó a Perú, en 1986, donde se presentó junto a Sonia Silvestre en el Festival de la Nueva Canción Latinoamericana. OFS también se presentó en junio de ese mismo año con la cantante Patricia Pereyra en la 4ta edición del "Carnaval du Soleil" en Montreal, Canadá. En los noventa creó un trío de fusión caribeña (Trilogía) junto a Héctor Santana y el percusionista Chichí Peralta.

En la actualidad es el director del grupo La Vellonera que acompaña al cantautor Víctor Víctor en sus presentaciones. También realiza conciertos periódicos con su trío de jazz fusion con sus cómplices Guy Frómeta y Gustavo ¨Cuquito¨ Moré.

Ordóñez ha desarrollado una carrera como solista y como arreglista de artistas particulares y de bandas sonoras de películas, como en el corto ¨Frente al Mar¨ sobre el cuento homónimo de la escritora dominicana Hilma Contreras y ¨Azúcar amarga¨ del director León Ichaso. Ha sido también profesor de varias generaciones de guitarristas. Ha trabajado como guitarrista de estudio y en presentaciones para diferentes artistas y grupos de la República Dominicana e Latinoamérica y España. Ha participado en jam sessions con músicos de jazz como Paquito D´Rivera, Charlie Haden y Don Cherry; y, con diferentes músicos, en formato de Jazz Trío en variados espacios de Jazz en Santo Domingo.

A continuación, el resultado de nuestro "conversao".

Jazz en Dominicana (JenD): Cómo ha evolucionado la música que estas haciendo? ¿Qué conceptos has incluido en esta etapa?

Juan Francisco Ordoñez (JFO): La evolución es un proceso que se da, aunque no se perciba racionalmente. Es un fluir y no necesariamente consciente. Y la evolución de la música es, en ese sentido, la evolución del concepto; ser parte de un marco referencial vinculado a lo que es mi imaginario musical interior: música de mis orígenes y, que desde mi subconsciencia, pasa a ser un contenedor aderezado con todo el background de esa otra música a la me vinculé, ya en el camino del músico real y actuante. Aquí ya me refiero a mi quehacer como jazzista, rocker; pero también mi trabajo en otras músicas populares y hasta folklórica.

JenD: Cómo ves el jazz en la actualidad en el país - músicos, espacios (eventos), escuelas, difusión del género (radio, etc)?

JFO: Creo que se ha ganado mucho en lo que a espacio y difusión se refiere. Hay muchas propuestas y espacios donde disfrutarlas. El principal escollo es que todavía la gente se resiste a pagar por el jazz como espectáculo.

JenD: Qué opinas de la celebración del Día Internacional del Jazz, y del evento no. 500 del Fiesta Sunset Jazz?

JFO: Un referente. Un día consagrado a una forma de hacer la música que ha influenciado a millones de seres de multiples maneras. Y del Fiesta es un hito! ¡Es medio milenio!

JenD: Lanzamiento de tu tu primera producción discográfica de Jazz "Ordóñez Trío". Cuéntanos sobre el álbum, el porque del mismo, el o los estilos utilizados?

JFO: Siempre lo primero de algo genera aprehensión y compromiso: pero este trabajo, a pesar de ser nuevo, lleva muchas sesiones detrás. Es un corte vertical de un momento de nuestra música, con sus luces y sus limitaciones; y con sus imprescindibles nostalgias. Hay bolero, son, jazz, bachata, rock-fusion, space music, nueva canción y otras cosas que probablemente serán descubiertas por las personas que lo escuchen, que son el motivo de este proyecto.

JenD: Qué piensas y esperas de esta producción?

JFO: La tranquilidad de haberlo grabado es fundamental. Es terrible el solo pensar cuanta música con trascendencia termina en el olvido porque nadie le dio al botón rojo .

JenD: Qué buscas transmitir con el mismo?

JFO: A menos expectativa mayor felicidad. Trasmitir? Solo eso, felicidad y tranquilidad aunque con alguna nota minima de terror. No nos podemos aburguesar demasiado!

JenD: Cual tema o temas fueron especiales para ti?

JFO: Es difícil responder esta pregunta. Lo que me pueda motivar a lo intimo de mis composiciones? El hacer intimas esas canciones de otros compositores? Es un dilema. De todas formas, me gusta mucho interpretar el ¨Unicornio Azul¨ de Silvio Rodríguez.

JenD: Qué otros planes en 2019 hay para Juan Francisco Ordóñez?

JFO: En perspectiva viajes a España y Chile con la ¨Vellonera¨ acompañando a Victor Victor y otras sorpresitas que siempre van caminando.

Le dimos las gracias por su tiempo, por su música, por su amistad. Invitamos a que acompañen al ¨Juan Francisco Ordóñez Trío¨ el próximo viernes 26 de abril para su muy especial concierto en el Fiesta Sunset Jazz.

Antes de dejarlo ir, le pedimos adicionar algunas palabras para nuestros lectores:

¨Traten de apoyar el movimiento criollo de la música, tanto del Jazz como de otras opciones En el patio hay mucha gente bienintencionada luchando por potabilizar sus propuestas como opción a otro tipo de música que se difunde de forma viral; pero con una calidad cuestionable.¨

Esta entrevista fue publicada el 21 de abril de 2019

El 26 de abril de 2019, Juan Francisco Ordóñez Trío lanzó su producción: El Trío, Vol. 1. El QR de arriba lo llevará a disfrutar de la producción completa.

Alfredo Balcácer

Se marchó a los Estados Unidos hace varios años, a cursar sus estudios superiores. El resultado fue una licenciatura en interpretación musical de la *Utah State University* y una maestría en interpretación musical en la *Western Michigan University*. Durante sus años estudió en privado con Corey y Mike Christiansen, Fareed Haque, Tom Knific, Pat Martino, Bryan Baker, Fred Hamilton y Ed Simon, entre otros. Como músico ha actuado en los EE. UU., Brasil, Canadá y la República Dominicana, y ha enseñado guitarra en privado durante 8 años.

Además de formar parte de grupos galardonados como Gold Company, la Orquesta de Jazz de la Universidad Estatal de Utah, la Orquesta de Jazz de la Universidad de Western Michigan y el Conjunto Latino Mas Que Nada, ha recibido becas de la República Dominicana, el *Utah State Caine College of the Arts* y el departamento de música de la *Western Michigan University*. Durante los últimos 10 años ha actuado y colaborado con muchos artistas, siendo algunos: Peter Erskine, Randy Brecker, George Garzone, Peter Eldridge, Jeremy Siskind y Deborah Brown. Ha asistido y actuado en las clases magistrales de John Scofield, Chico Pinheiro, Julian Lage, Peter Bernstein y Philip Catherine. En la República Dominicana, actuó y grabó con artistas como Los Hermanos Rosario, Vakero, Javier Vargas & ATRE, Cuquito Moré, Otoniel Nicolás, Guy Frómeta, Juan Francisco Ordóñez, Josean Jacobo, Esar Simo, Los Rayos Solares, Diego Mena, El Metro, El Diario de Nadie, y muchos más.

Gracias a la tecnología logramos entrevistarlo. Una larga y excelente conversación resultó en un buen material de publicación.

Presentamos al guitarrista y educados Alfredo Balcácer.

Jazz en Dominicana (JenD): Arrancamos con la pregunta que nos gusta mucho hacer para iniciar una entrevista: Según Alfredo Balcácer, quién es Alfredo Balcácer ¨?

Alfredo Balcácer (AB): Una persona con muchos sueños por cumplir, metas por realizar y lugares a donde ir. Con una pasión y respeto por la música y la manera en cómo esta impacta al que la escucha.

JenD: Cómo te inicias en la música? Por que la guitarra?

AB: El primer instrumento por el cual sentí atracción fue la batería; pero en mi casa no podíamos tener una. La idea de la guitarra surgió como una segunda opción. Mi casa no era necesariamente una casa musical; pero si estábamos ligados al medio artístico gracias a mi padre, el cual era uno de los locutores de más renombre en el medio y el cual a la vez tenía un estudio de grabación. Mis inicios en la música fueron influenciados directamente por dos amigos del colegio, los cuales estaban aprendiendo guitarra en ese momento, Luis Gil y Yasser Tejeda. De hecho, los tres, eventualmente, teníamos el mismo profesor. Fueron tiempos muy importantes en mi formación.

JenD: Quiénes fueron que te influenciaron?

AB: Diría que mis profesores, comenzando con Johnny Marichal y Javier Vargas. El último se convirtió en mi mentor que me preparo para entrar al Conservatorio Nacional de Música. Además, es mi amigo personal de casi 20 años.

Pasando al Conservatorio Nacional de Música conocí a Jacques Martínez y a Federico Méndez, los cuales se convirtieron en dos grandes influencias en su momento. Gracias a Federico conocí a Tribal Tech y a Scott Henderson, los cuales considero una de mis más grandes influencias en la manera como toco, escribo y percibo la música. Gracias a Jacques conocí a John Scofield, Coltrane y al mundo de la improvisación. Mucho ha llovido desde entonces y la lista de quienes son mis actuales influencias sería muy larga para publicar en la entrevista. Te digo que Stevie Ray Vaughan, Kurt Rosenwinkel, Pat Metheny, Randy Brecker, Keith Jarrett, Juan Luis Guerra, John Petrucci, Jimi Hendrix, Grant Green, John Coltrane, Charlie Parker y Sonny Stitt son algunos de los nombres más importantes para mi.

JenD: Cómo fueron y que significaron cada etapa de tus estudios?

AB: En *Utah State* conocí a Mike y Corey Christiansen. Con Mike me expuse a una de las maneras más finas y depuradas de enseñar guitarra que yo había experimentado hasta ese momento. Corey se convirtió en mi mentor y amigo, y en una de las influencias más grandes y palpables que he tenido en los últimos 8 años. El ha sido una parte sumamente importante en mi formación y desarrollo. Utah significó una etapa de muchísimo crecimiento, tanto el personal como musical, que me ayudó a entender la música desde otra perspectiva. En

Western Michigan fue donde yo realmente asimilé todo lo aprendido en Utah y lo puse en práctica. Ahí tuve la oportunidad de tocar y estudiar con músicos muy por encima de mi nivel, lo cual me ayudó a seguir superándome y me obligó a seguir mirando hacia adelante. Ambas escuelas fueron extremadamente importantes en mi formación. Western significó también una etapa de profundos cambios personales, los cuales me llevaron a la posterior realización de mi disco.

JenD: Has tocado de todo: Jazz, Blues, Pop, Rock y más. Qué prefieres tocar, y por que?

AB: Difícil pregunta. Te digo que este año que pasó estuve tocando música country y oldies (con sombrero, botas y line dancing!). He tenido la suerte de tocar muchísimos estilos; pero mi corazón siempre se sentirá más contento tocando Jazz, blues y rock.

JenD: Cómo entiendes que ha ido evolucionando tu música?

AB: Creo que el aspecto más palpable ha sido la conexión de mi yo interior con lo que proyecto y tocó hacia el exterior. Antes no podía expresar 100% lo que estaba sintiendo. Ahora puedo hacerlo en un 50%, jaja! La parte técnica y teórica también me ha ayudado bastante a tener muchísima más confianza en mi y en lo que puedo hacer. Ha sido un proceso de aceptación de mis debilidades y destrezas como músico y ser humano.

JenD: Cuéntanos de la que ha sido para ti la mejor o las mejores experiencias hasta el momento.

AB: Las mejores experiencias han sido relacionadas a las personas especiales que he conocido en este camino. La inspiración que muchos profesores, amigos y músicos con quienes he tocado han inculcado en mi.

JenD: Cómo te sientes al crear, al componer?

AB: Un caos de emociones. Componer es muy difícil para mi y puedo durar meses escribiendo una sola canción. Quizás soy un poco ambicioso en este sentido y por eso me tardo mas de lo que debería. Trato de dejarme llevar de la inspiración inicial y desarrollo a partir de esto. En esta etapa es donde usualmente me encuentro molesto conmigo mismo: ¿por que no termino la canción mas rápido? Jajajaja. Al final y cuando todo está listo, en ese momento es donde me siento mas a gusto y puedo dejar fluir una sonrisa.

JenD: Cuéntanos sobre el álbum, el porqué del mismo, el o los estilos utilizados.

AB: El álbum sale de la necesidad de crear y plasmar estas creaciones para las generaciones futuras. Es nuestra responsabilidad social como músicos y artistas de documentar lo que hacemos. La idea de hacer el álbum nació en el 2017, luego de que comenzara a ensayar algunos temas con mi banda de aquel entonces. Ya para finales de ese año, teníamos 6 temas montados, los cuales fueron presentados en mi recital de graduación de maestría. Cuando todo terminó le comencé a dar vueltas a la idea. Llegó 2018 y me comuniqué con la banda y les hablé de la idea y todos dijeron que si. Separamos el estudio 8 meses de antemano y este tiempo me dejo componer 3 nuevas canciones. Lo interesante del proceso fue que nosotros no tocamos junto por casi un año y nos vimos la cara por dos horas una semana y media antes de la sesión de grabación. Cuando llegamos al estudio, fueron 10 horas continuas para plasmar 9 temas. ¡Muy intenso!

Los estilos nacieron sencillamente de la necesidad de plasmar de donde vengo en como estaba percibiendo la música en ese momento. Me parecía interesante transcribir estos patrones de percusión de nuestros ritmos y llevarlos a la batería, para ver la interpretación que mi baterista le podía dar. Con el bajo por igual. De hecho, agregar percusiones fue una idea que surgió semanas antes de la grabación. Para mi era más la idea de lo que ellos podían interpretar como músicos norteamericanos, sin haber sido expuestos a nuestra música. Implementamos música de gaga, los palos, bachata y el *afro-cuban*. Además, utilizamos estilos que ellos dominaban, tales como el funk, el swing y las modern jazz ballads.

JenD: Qué piensas, buscas y esperas de esta producción? Quienes te acompañan en éste proyecto?

AB: Mi mayor anhelo es que la gente encuentre algo que les permita conectar con la música. Creo que hay variedad para todo el oyente. En esta producción me acompañan: Madison George, batería; Otoniel Nicolas, percusión; Henry Rensch, bajo eléctrico/acústico; Rufus Ferguson, piano/teclados; Dutcher Snedeker, Moog; Katie Lockwood, cantante; Caleb Elzinga, saxofón tenor; Dr. Scott Cowan y Elliot Bild, trompetas; Yakiv Tsvientinskyi, trompeta y flugelhorn. En la parte técnica está Jv Olivier, el cual ha sido mi productor e ingeniero de mezcla y una parte sumamente esencial, en la parte de armar el proyecto; Carlos Yael Santos, ingeniero de mastering; Nick Pasquino, ingeniero de tracking; Sam Peters ingeniero asistente; Luis Gil, diseñador del art cover del disco y Fernando Rodríguez De Mondesert (tú), quien escribió los liner notes del álbum. El mismo fue grabado utilizando 4 diferentes estudios, siendo los más utilizados "La Luna Recording and Sound" en Kalamazoo, Michigan y Terranota Studios en Santo Domingo. Este proyecto no hubiese sido posible sin el apoyo económico que recibí a través de mi campaña en la plataforma de Indiegogo.

JenD: Cual tema fue especial para ti?

AB: No hay un favorito pero te confieso que tengo un cariño especial con "A Love Treaty" y "The Mourning Process."

JenD: Cómo se da la relación cotidiana de tu música, tus enseñanzas y andanzas entre tus dos mundos: el latino y el norteamericano?

AB: Son dos culturas sumamente diferentes y desarrollar esta música en un contexto que no es propicio para su desarrollo y consumo ha sido muy interesante. Creo que dependiendo del contexto en el que me encuentro y el idioma el cual converso, sale un Alfredo diferente. He aprendido bastante de la cultura Americana y mi meta es tratar de buscar una manera orgánica de balancear quien soy aquí con el Alfredo que sale de Santo Domingo.

JenD: Qué otros planes hay para el 2019?

AB: Todo el foco será puesto en mi disco y tratar de promocionarlo lo más que pueda. Si te soy sincero, este 2019 será un año de muchos cambios. Regreso a República Dominicana luego de vivir casi 8 años en Estados Unidos. Estoy dejando que las cosas fluyan y ver donde paramos.

Nos sentimos muy orgullosos de aquel Alfredito que un día se fue a estudiar, y que ahora retorna como ese Alfredo que habrá de escribir muchas páginas en la historia del jazz… en Dominicana.

Antes de finalizar, le pedimos a Alfredo, que agregara unas palabras a nuestros lectores:

"Gracias a todos tus lectores por darme la oportunidad de expresarme a través de tu espacio. Siempre he tenido una conexión muy especial con el público de Jazz en Dominicana. Espero verlos pronto"!

Esta entrevista fue publicada en dos partes los días 2 y 3 de mayo de 2019.

El QR de arriba le llevará a poder degustar la producción de Alfredo Balcacer ¨Suspended Sea¨ en su totalidad. En Estados Unidos fue realizado su lanzamiento, el 28 de Junio de 2019.

Josean Jacobo

Con participación en varios festivales en el país e internacionalmente, otras presentaciones locales e internacionales, y tras haber publicado varias producciones discográficas, el pianista Josean Jacobo nos entrega su más reciente obra, el álbum ¨Cimarrón¨.

Desde que nació en 2005, la agrupación Josean Jacobo & Tumbao ha estado en constante evolución, tocando jazz latino tradicional, pasando por latin jazz nouveau hasta convertirse hoy día en los abanderados más importantes del movimiento Afro Dominican Jazz, cuya misión es dar a conocer los ritmos de la tradición dominicana.

La agrupación representó al país en el 2018 en dos festivales en el exterior, en enero en el Panamá Jazz Festival, y en agosto en el el Salem Maritime Festival en Salem, Massachussetts, Estados Unidos. Ha estado en el Barranquijazz (2016). También en Sajoma Jazz Festival; DR Jazz Festival; Santo Domingo Jazz

Festival en Casa de Teatro; Las Terrenas Jazz Festival; en el 2010 en 'The World Jazz Circuit Latin America" (Santo Domingo) junto al "Peter Erskine New Trio"; "The Gwadloup Festival" (2009 - Guadeloupe), "The Berklee College of Music International Folk Festival (2006)". Además, ha participado en diversos espacios de jazz en vivo en la República Dominicana, Boston, Nueva York, y Argentina.

Nos reunimos con Josean en La Azotea del Dominican Fiesta Hotel & Casino, para esta entrevista. A continuación el resultado de los intercambios del muy placentero encuentro:

Jazz en Dominicana (JenD): La última vez que te entrevistamos estabas empacando para representarnos en el Panamá Jazz Festival, y luego también participaste del Salem Maritime Festival, Cómo fueron esas experiencias para ti, y para el grupo?

Josean Jacobo (JJ): Realmente gratificantes. La aceptación del público internacional y la acogida que ha recibido la cultura Dominicana a través de nuestra música ha sido una experiencia sumamente placentera.

JenD: Se siguen abriendo puertas para nuestro jazz en festivales y eventos en el exterior. Nos han representado Retro Jazz, Oscar Micheli Trío, The Dominican Jazz Project, Isaac Hernández, Yasser Tejeda & Palotré y ustedes. ¿Qué significado entiendes que tiene este hecho, para el jazz en el país? Para ti?

JJ: Definitivamente vamos, poco a poco abriendo nuevos horizontes para la música dominicana en cuanto al jazz se refiere. Me llena de orgullo ser representado internacionalmente por los artistas que mencionaste. Pienso que nuestro trabajo, de alguna forma, en un futuro puede contagiar a las nuevas generaciones que se avecinan, y juntos podamos poner nuestra bandera en alto.

JenD: Qué oportunidades y dificultades ves para la participación tuya y de otros grupos en festivales del área?

JJ: Definitivamente hay muchas oportunidades, el problema que enfrentamos hoy en día en nuestro país es principalmente la falta de conocimiento. Hace falta que nosotros los artistas entendamos mejor la industria de la música y el nuevo modelo de auto-gestión que enfrenta la música hoy día. Hay que estar dispuesto a invertir tiempo, esfuerzo, trabajo, dinero, y un sin número de cosas más. Hay que saber lo que hay que hacer para llegar al público que hay que llegar, porque definitivamente a nivel global sí que hay un público para cada artista. Solamente hay que aprender cómo se puede llegar a él y dar los pasos necesarios para lograrlo.

JenD: Sigues apostando por el *Afro-Dominican Jazz*. Cómo ha sido el viaje y por que de ello?

JJ: El *Afro-Dominican Jazz* es una realidad y ya hemos formado un colectivo de artistas que estamos trabajando con el propósito de llevarlo al mundo entero para que se reconozcan otras formas musicales de nuestro país. Realmente el viaje ha sido y seguirá siendo de mucho esfuerzo y trabajo. Con altas y bajas, pero muy gratificante.

Entiendo que he tomado este camino por el amor que le tengo a la cultura Dominicana, por las ganas de aportar para que tengamos un mejor país, para que nos vean con buenos ojos internacionalmente, para que nuestros ritmos sean digno de estudio y para que nosotros mismos como Dominicanos que somos, tengamos cosas de las cuales sentirnos orgullosos, para que defendamos con nuestras acciones y con nuestros discursos los buenos valores de nuestra cultura.

JenD: Hace poco estábamos hablando sobre "Balsié", y cómo te marcó un antes y después. Por qué es un antes y después?

JJ: Balsié fue mi primer disco de Jazz Afro-Dominicano formalmente y abrió una puerta dentro de mí que desconocía. Me enseñó a indagar, a conceptualizer el trabajo, a desarrollarlo en base a una idea, a seguir una línea de pensamiento musicalmente. También me dejó la tarea de cada vez explorar más y de buscar distintas formas de representar nuestras ideas musicales.

JenD: Ahora estas preparándote para darle a dominicana y al mundo el álbum "Cimarrón". Qué significa para tí?

JJ: "Cimarrón" es una apuesta a la diversidad cultural. Muestra y desarrolla nuestra identidad y el cómo tiene la facilidad de fusionarse con elementos de otras culturas, porque realmente el cimarronaje fue el génesis de la cultura dominicana. Cimarrón apuesta a la tolerancia, al abrir los ojos y ver la vida de otra forma, al entender de dónde venimos y al no tenerle miedo al futuro. Porque si tenemos una convicción firme de quiénes somos y de nuestros valores, el futuro siempre estará de nuestro lado.

JenD: Por qué "Cimarrón"?

JJ: Por varias razones. Primero, los negros esclavos que huyeron de sus amos y se refugiaron en el maniel formaron sociedades fusionando sus costumbres africanas con lo que aprendieron de los españoles. Como te dije, es esta la génesis de nuestra cultura y hay que entenderla para poder representarla. Entonces las fusiones de las que tanto se habla hoy en día a nivel global, han existido en nuestro país también desde aquellos tiempos. Segundo, el cimarronaje fue un proceso que se vivió prácticamente en todo el caribe, entonces también encierro el concepto de una manera global para que otras culturas también se identifiquen. Y tercero, la palabra fusión es determinante en este álbum por todo aquello del Jazz Afro-Dominicano que tanto deseamos representar hoy día, y porque también me permite explorar y experimentar con mis ideas musicales y descubrir formas distintas de fusionarlas.

JenD: Qué piensas, buscas y esperas de esta producción?

JJ: Realmente estamos haciendo un trabajo para lograr la mayor exposición posible a nivel internacional. Estamos dando los pasos necesarios para crecer profesionalmente, así que lo que en realidad espero de este trabajo es precisamente eso, una mayor exposición.

JenD: Qué mensaje buscas transmitir con el álbum?

JJ: Que hoy día vivimos en un tiempo de transición en el que una nueva sociedad está tomando las riendas. Ya no somos la misma sociedad de hace 20, 30, 40 años, y definitivamente me gustaría aportar para que esta sociedad sea cada vez mejor. Quisiera también ayudar a que otros abran los ojos y entiendan su rol dentro de su entorno y cómo pueden aportar al mismo.

JenD: Cual tema o temas fueron especiales para ti en ésta?

JJ: El primer sencillo que vamos a lanzar ahora en marzo se llama "Mind Reset" y en este tema trabajamos con los ritmos folklóricos dominicanos bamboulá y salve, pero dentro del lenguaje del jazz moderno. Este tema fue el primer tema que compuse para la producción y en el deposité toda mi esperanza y mi fé en este material discográfico. Ojalá y el público lo perciba.

También tomé algunos cantos folklóricos y los llevé al universo del jazz y en el proceso descubrí otro universo en el cual pueden coexistir.

Son especiales para mi también los temas de grandes compositores que he elegido incluir en esta producción. Regrabamos "Compadre Pedro Juan", esta versión es totalmente distinta a la primera. Hicimos un arreglo a "Aunque me cueste la vida" de nuestro Luis Kalaff. Y, también puse algo de una de mis mayores influencias musicales, de John Coltrane incluimos "Lonnie's Lament", una pieza que definitivamente es de mis favoritas de ese artista.

JenD: El viernes 31 de mayo lanzaste "Cimarrón" en medio de un gran concierto en la Sala Aída Bonnelly de Díaz del Teatro Nacional. Cómo fue la experiencia, que quisieras compartir del evento?

JJ: La experiencia fue inolvidable. Estuvimos frente a un tremendo público que compartía con nosotros y nos transmitía su energía. ¡Fue un concierto bien enérgico!

JenD: Previo al lanzamiento habías sacado dos temas, Mind Reset y El Maniel, por plataformas digitales. Cómo fue la experiencia, y que resultados viste?

JJ: La experiencia de lanzar sencillos funciona bastante, ya que te permite "tomar la temperatura" del público y recibir las primeras impresiones antes de que salga el disco. El resultado es que la gente va comentando y va compartiendo creando cierta expectativa del disco.

JenD: "Cimarrón" ya está sonando en varias emisoras, Cómo lograste tan rápidamente la distribución del material de la producción?

JJ: Estamos trabajando con Lydia Liebman Promotions, quién recientemente recibió un Grammy como publicista por su trabajo con el disco de la Spanish Harlem Orchestra. Ella es quién ha estado manejando las relaciones públicas y hemos obtenido resultados que, francamente, a mi me han sorprendido. Recientemente "Cimarrón" fue seleccionado por la radio británica *Jazz FM* en el puesto #3 del *Top 10 Jazz Albums Hot List*. También la revista *Jazz in Europe* nos incluyó en dos de sus playlists de Spotify. La revista *Latin Jazz Network* hizo la premiere de "Mind Reset". La revista *UK Vibe* escribió una reseña excelente del disco, y se esperan muchas cosas más con *All About Jazz, Jazziz, Latin Jazz Net, Songlines Magazine*, entre otras revistas. En cuánto a la radio, estamos sonando en la radio nacional de Estados Unidos y cada día recibo mensajes gratificantes de programadores y personalidades de la industria. Estamos muy agradecidos de la acogida que ha tenido este álbum en el público dominicano e internacional.

JenD: Qué sigue en el 2019?

JJ: Estamos programando una gira promocional para llevar este ¨Cimarrón¨ a distintos puertos. Hay varias fechas confirmadas en festivales internacionales y otras cosas, pero de esto daremos detalles mas adelante, cuando la gira esté más completa. Igualmente hay ya entrevistas pautadas en la radio para lo que será nuestra gira de verano por los Estados Unidos

Gracias a Josean por el tiempo que nos dedicó. Su sonrisa siempre presente, sus ojos denotaban la alegría de en donde se encuentra en estos momentos. Su creatividad no cesa de sorprendernos, de alegrarnos, de hacernos sentir orgullosos. El quiere que cada dominicano sea participe del mensaje que, desde nuestro país, lleva al mundo con su música. Es un embajador del Jazz … del Jazz Dominicano, del Jazz Afro-Dominicano .. pero también de cada uno de nosotros, 10.77 de millones de nosotros que gritamos a los 4 vientos nuestra dominicanidad a través de la música, de su música!!!

Al finalizar, Josean dejó estas siguientes palabras a los lectores:

"Estén pendientes de nuevas noticias y que disfruten este álbum tanto como lo disfrutamos nosotros".

Esta entrevista fue publicada el 5 de junio de 2019.

Al utilizar el QR de arriba sus oídos podrán disfrutar de Cimarrón, la producción que Josean Jacobo & Tumbao lanzó el 31 de mayo de 2019.

Vlade Guigni

De baterista Vlade Guigni, talentoso joven oriundo de San Cristobal, República Dominicana, siempre nos llamó la atención, su entrega, su ilusión, su manera de hacer lo indecible por lograr sus metas, el fajarse día a día mirando siempre hacía adelante. Le hemos dado seguimiento desde su constante visita a las presentaciones de Jazz en Dominicana en Casa de Teatro, sus presentaciones en varios de los espacios con Mettro Jazz, hasta que recibió una beca para estudiar en *Berklee College of Music* a través del concurso de Michel Camilo.

Hoy, después de 6 años de estudios, Vlade tiene un *Bachelor's Degree en Music Production and Engineering* de dicha institución y un *Master's Degree en Contemporary Performance* en el *Berklee Global Jazz Institute*.

El baterista, ingeniero/productor y educador, actualmente reside en la ciudad de Boston,

Massachusetts. Ha trabajado con varios artistas de la escena local e internacional en estilos jazz, fusion, gospel, pop y otros. Es una lista que incluye a Dave Liebman, George Garzone, Anat Cohen, David Gilmore, Leo Blanco, Darcy James Argue, Danilo Montero, Lilly Goodman, entre otros. Guigni toca con varios artistas de la escena local, enseña y también desarrolla su propio proyecto *Vlade Guigni & Directions*, con quien está preparando el lanzamiento de su primera producción discográfica.

Recientemente nos reunimos con Vlade, gracias a la tecnología. He aqui el resultado de nuestra conversación:

Jazz en Dominicana (JenD): Iniciamos la entrevista preguntándole según Vlade Guigni, quién es Vlade Guigni?

Vlade Guigni (VG): Un hombre de fe, agradecido de estar vivo y en salud, disfrutando de las oportunidades que la vida te brinda. Eterno estudiante, soñador, arriesgado, positivo, sensible, apasionado por las cosas simples, siempre dispuesto a aprender mas.

JenD: Cómo te inicias en la música? Por qué escoges el batería?

VG: La percusión estuvo en mis manos desde que tengo memoria, pues mis tíos y abuelos me regalaban instrumentos tradicionales dominicanos como la güira y la tambora. Crecí escuchando mucho jazz de manera inconsciente, ya que mi padre siempre ha sido una persona con un gusto exquisito por la buena música. Me inicié tomando clases de solfeo y flauta dulce en el Liceo Musical de San Cristóbal, entre los 9-10 años de edad, luego lo dejé. Decidí formalmente empezar a estudiar guitarra a los 15 años con quien es mi primer mentor, Franklin Hollingshead. El mismo, también empezó a darme lecciones de batería. Yo tenia un par de palos con los que siempre le tocaba arriba a los discos de Maná el grupo de rock; pero cambio todo cuando un día escuché un cassette de Dave Weckl llamado "Master Plan". De eso hace ya casi 20 años.

JenD: Quiénes fueron los que te influenciaron?

VG: Muchísimos. En mis inicios, Dave Weckl, Vinnie Colaiuta, Cliff Almond, Joel Rosenblatt, Ezequiel Francisco, Guy Frómeta, Mark Guiliana. Cuando me fui a Estados Unidos a estudiar, me expuse a tantas influencias como las de Ralph Peterson Jr., Terri Lyne Carrington, Brian Blade, Bill Stewart, Tony Williams, Kendrick Scott, Jack DeJohnette, Jeff "Tain" Watts, Antonio Sanchez, Roy Haynes y Elvin Jones, entre otros.

JenD: Hablanos de tus estudios.

VG: Empecé en San Cristóbal con Franklin Hollingshead, Luego en la Escuela Ministerial Judá con David Nolasco. Paralelamente empecé la carrera de Educación Musical en la UASD en la cual duré 6 semestres, luego tomo lecciones con Ezequiel Francisco. Ahí empiezo una solida amistad con Guy Frómeta, con quien no tomé clases formales; pero ha sido el mentor dominicano de quien más he aprendido porque sus enseñanzas siempre trascendieron el instrumento. Luego vine a *Berklee College of Music* donde complete un *Bachelor's Degree en Music Production and Engineering* y un *Master's Degree en Contemporary Performance* en el reconocido Berklee Global Jazz Institute.

JenD: Te fuiste a Berklee, Cómo fue la experiencia, el viaje? Te quedarás por allá?

VG: Berklee cambió mi vida por completo, aquí aprendí a ver la música como un elemento vital para alimentar el alma de los seres humanos, con la ayuda de increíbles profesores y mentores, mi experiencia pasó de simplemente tocar un instrumento por pasión, a una responsabilidad y a un llamado a servir a los demás a través de mi talento. Estoy tratando de hacer mi carrera desde los Estados Unidos, pero mi mente siempre está abierta a otras posibilidades, gracias a la tecnología.

JenD: Has recibido muchos "piropos" por tu tocar, incluyendo a Guy Frómeta y la mundialmente reconocida Terri Lyne Carrington. ¿Cómo lusas estas palabras, estas reseñas en tu carrera?

VG: Guy y Terri ambos han sido muy influyentes en mi manera de tocar y de pensar, puedo resumirlo todo diciendo que estoy muy agradecido por tener la oportunidad de crecer bajo sus enseñanzas y consejos.

JenD: Cómo entiendes que has evolucionado?

VG: Entiendo que mi evolución es un proceso que nunca termina, mirando desde el pasado hasta hoy. Puedo decir que mi mayor evolución ha sido el entender que cada uno de nosotros es único en esta tierra y que tenemos una voz que ofrecer y sentimientos que expresar. Nuestro paso por la vida es efímero, por tanto debemos disfrutar al máximo lo que hacemos y poner el corazón al 100%, sin reservas, aprendiendo a ver a nuestros colegas como hermanos en una misión, no necesariamente como una competencia.

JenD: Eres instrumentista, productor, educador. Qué más te gusta?

VG: Estoy desarrollando mucha pasión y determinación por la composición, los arreglos, la mezcla y masterización. Estas cosas fueron parte muy importante de mi formación en Berklee.

JenD: Próximamente estarás lanzando tu primera producción discográfica: "Elevation". Cuéntanos sobre el álbum.

VG: El álbum representa mi primer intento formal de sacar música original. Debido a las diferentes influencias que tiene, he decidido categorizarlo como Jazz Contemporáneo. Para mi representa un desafío a nuestros tiempos actuales. Entiendo que la industria musical ha cambiado bastante y que hoy en día, gracias a los avances de la comunicación y la tecnología los artistas independientes como yo podemos empezar nuestra propia carrera sin tener que esperar a ser parte de algún otro artista o proyecto de renombre.

JenD: Qué piensas, buscas y esperas de esta producción?

VG: Espero poder dar a conocer mi música a nivel mundial y usar este primer álbum como un punto de partida para escribir mas música, producir y grabar con mas frecuencia.

JenD: Quiénes te acompañan en éste proyecto?

VG: De la República Dominicana, Ildrys Díaz (voz); Elvin Rodríguez (guitarra); y Rafael Suncar (saxofones). Matt Thomson (piano y teclados) de Australia y Soso Gelovani (bajo acústico y eléctrico) de Georgia.

JenD: Cuáles temas fueron especiales para ti?

VG: Cada tema de estos tiene una historia especial para mi, pero cuando pienso en tu pregunta, "Directions", que es el nombre de mi banda y el nombre de uno de los temas. Es bien importante para mi, la composición completa llegó a mi mente en cuestión de unas horas, un viernes por la tarde cuando iba en transporte publico camino a dar clases. "Gratitude" fue otra composición importante ya que pienso que debemos siempre ser agradecidos por lo que estamos viviendo. Por ultimo quiero mencionar "Waiting for the time to come" compuesta por Elvin Rodríguez. Me recuerda mucho a aquel tiempo cuando nuestro "Legacy Trio" tocó en uno de tus espacios de Jazz con nuestro hermano, el bajista Roberto Reynoso.

JenD: Eres patrocinado por un "quien es quien" de la industria, entre estos: Meinl Cymbals,

Canopus Drums, Evans Drumheads, Ahead Armor Cases, Vic Firth Drumsticks. ¿Qué significa para ti y tu carrera?

VG: Tremendo honor ser parte de todas estas compañías, en especial Meinl Cymbals y Canopus Drums, que han apostado a mi y me han apoyado mas allá de lo que jamás haya podido imaginarme.

JenD: Hablanos de planes en 2019.

VG: Actualmente estoy terminando un *Post-Master's* en Berklee. Hay muchos planes de seguir creciendo. Recién tomé parte de la dirección de una escuela privada, en las afueras de Boston, donde estamos enseñando. Continuaré desarrollando mi contenido online, incluyendo nuevo material de educación que viene por ahí. Mientras hablamos ahora me estoy preparando para un *Clinic/Performance* que voy a dar próximamente en la *Universidad de Nebraska - Kearney*, mi participación es gracias a Meinl Cymbals, quienes me contactaron. Estoy muy emocionado ya que es mi primera clínica internacional de esta magnitud, viendo otro de mis sueños materializarse.

Agradecimos a Vlade por todo el tiempo que nos dedicó. Muy orgullosos estamos de el, de los pasos que está dando. A la vez aprovechamos para felicitarle por el reciente artículo sobre el, publicado en

Drumming Review "Vlade Guigni: One of the Greatest Modern Day Fusion Drummers".

Para terminar, sus palabras fueron las siguientes:

"Doy gracias a todos los lectores y a ti por la oportunidad de esta entrevista, deseándole siempre lo mejor al espacio de jazz en mi tierra natal, esperando poder compartir mi música pronto por allá".

Esta entrevista fue publicada el 31 de julio de 2019

En el QR de arriba podrás visitar la página del canal de Youtube del baterista Vlade Guigni.

Alexis Méndez

Cuando iniciamos "Jazz en Dominicana - Serie Entrevistas" la idea fue de publicar diversos conversaciones con músicos, y a través de cada entrevista darlos a conocer a nuestros lectores. Con esta publicación ampliamos el alcance, presentando a otros actores de la escena del jazz en nuestro país. En ese sentido, a nuestros músicos se adicionarán entrevistas a productores de programas radiales, de festivales y eventos, educadores y otros.

Es para nosotros un gran placer y honor, dar inicio a esta etapa con el productor radial, escritor, comunicador, gestor cultural, y en especial gran amigo Alexis Méndez, cuyo programa, Música Maestro cumple 17 años en septiembre!

Méndez es diseñador gráfico, magíster en comunicación, licenciado en publicidad, y además ha cursado estudios en la Escuela Nacional de Artes Visuales. Es profesor de ciencias sociales con vasta experiencia en la coordinación de proyectos académicos en el campo de la investigación social, con énfasis en estudio de la identidad. También es un avezado investigador de la música dominicana y del Caribe, y productor de documentales y programas de radio comunitarios.

Alexis es autor de los libros: "Salsa desde mi balcón. Relatos y alegatos de un melómano" (2014), y "Vinculaciones. Miradas a la relación musical entre Colombia y la República Dominicana" (2018). Textos de su autoría forman parte de las publicaciones: "El merengue en la cultura dominicana y caribeña. Memorias del I Congreso Internacional Música, Identidad y Cultura en el Caribe" (2006); "El son y la salsa en la identidad del Caribe. Memorias del II Congreso Internacional Música, Identidad y Cultura en el Caribe" (2008); "El bolero en la cultura caribeña y su proyección universal. Memorias del II Congreso Internacional Música, Identidad y Cultura en el Caribe" (2010). Es co-autor de: "Colombia – República Dominicana. Puentes musicales sobre el mar Caribe" (2017).

No es muy difícil compartir un café con Alexis. Arrancar con un tema, para luego pasar a 15 más, es normal entre nosotros. Del ´conversao¨ que sostuvimos hace un par de semanas es que sale el ¨material¨ que a continuación compartimos:

Jazz en Dominicana (JenD): Cómo llegas a relacionarte con la música?

Alexis Méndez (AM): Mis inicios en la apreciación musical viene de mi niñez, observando las portadas de los LPs de mi padre y mi tío; leyendo los créditos e intentando dibujar las imágenes que veía en éstas, mientras ellos escuchaban. Además, en mi infancia pude estudiar guitarra y aprender algunos instrumentos de percusión, y en la adolescencia participar en grupos musicales, en el barrio y en la universidad. Todo eso contribuyó a desarrollar una sensibilidad especial ante diferentes géneros y estilos.

JenD: Quienes te influenciaron?

AM: Como dije, mi padre, que además de ser músico, desde antes de yo nacer, ha sido coleccionista, y mi tío Wilfredo, que apenas me lleva unos años, y de quien heredé la pasión por la salsa, el rock y la música brasileña.

JenD: Cómo llegas a la radio?

AM: Inicié colaborando en la programación de los espacios radiales de salsa y son que viene produciendo mi padre desde los años 90. Ya para el año 2000, colaboraba con Mildred Charlot, frente al micrófono, en el programa "Hablando en la cadena" de CDN

Radio. Ella y yo realizábamos diálogos relacionados a la historia de la música popular. Ese mismo año, Yaqui Núñez del Risco se convirtió en mi maestro. Con él trabajé en "Aquí Yaqui", primero en la Z 101, y luego en Cielo 103 y CDN Radio. También con él produje televisión, hasta que llegó la oportunidad de hacer Música Maestro, y otros proyectos radiofónicos, en el país y el extranjero.

JenD: Qué es Música Maestro? Cuando nace?

AM: Música Maestro es un programa de radio donde, a través de la música, ponemos en valor la identidad caribeña. Este proyecto salió al aire en septiembre de 2002 por CDN Radio; pero ya tenía varios años escrito, inspirado en programas como Compasillo de César Namnúm; Besos y Abrazos, de Raquel Vicini y José Guerrero; y la parrilla de programación de la emisora de la Universidad de Puerto Rico. Por supuesto, nació con el sello y la disciplina que estaba adquiriendo con Yaqui Núñez del Risco.

JenD: Cómo preparas cada programa? Como eliges la música? Los entrevistados?

AM: El programa lleva un guión que tratamos de cumplir al 100%, y que se va preparando durante la semana, a través de discusiones abiertas de cada uno de los miembros del equipo. Partimos de fechas importantes (el centenario de Casandra Damirón que se conmemora este año; el Día Internacional del Jazz, el 30 de abril; o el cumpleaños de un álbum musical); eventos importantes (celebración de la premiación del Grammy o del Oscar, o algún concierto a realizarse en el país). A partir de ahí nace un concepto, del cual se va desprendiendo el contenido musical y los diálogos.

JenD: A través de estos años como ha evolucionado el programa?

AM: Sin dejar de colocar música, con el tiempo el programa llegó a convertirse en una tertulia. De ahí que nuestro lema sea contar y cantar la historia del Caribe. Lo mismo pasa cuando tenemos músicos, u otro tipo de artistas, a quienes escuchamos valorar los trabajos de otros. Hoy hacemos uso de la tecnología para poder entrevistar a músicos que se encuentran en cualquier parte del mundo. Un recurso que nació con el programa son los audio reportajes, que con el tiempo se fueron afianzando.

JenD: Del programa han surgido "Música Maestro Fuera de Cabina" y la Fundación Música Maestro. Háblanos de estas iniciativas.

AM: Un día decidimos socializar con los oyentes más allá de las 2 horas de programa. Así empezamos a realizar tertulias relacionadas a la música, que fueron tomando importancia. De ahí nace Música Maestro Fuera de Cabina. En cuanto la fundación, el interés nace a partir de preservar los registros de los integrantes del programa (libros, discos), así como cada uno de los episodios realizados. Poco a poco fue creciendo el interés de hacer otras labores, como talleres de apreciación musical para niños. Hoy tenemos una fundación sólida que trabaja desde Santo Domingo en la República Dominicana, y Medellín en Colombia. Desde Colombia nos encargamos de dar acompañamiento a escritores de textos relacionados con la música. Hoy en día ya estamos trabajando en proyectos editoriales.

JenD: Qué piensas del jazz en la actualidad en el país?

AM: El jazz en la República Dominicana está viviendo un boom creativo que nunca se había visto, gracias a una generación de músicos que, además de formarse, tienen más acceso a músicas foráneas, además de tener conciencia de la importancia de nuestras expresiones. A eso sumemos la oportunidad de presentar sus trabajos en diversos espacios. Y los que graban, tienen respaldo de emisoras y programas de radio que están difundiendo el jazz de manera parcial.

JenD: Qué piensas de los actores del jazz en la actualidad?

AM: Hoy conviven veteranos y jóvenes de mucho talento, lo que se puede definir como una escena donde la diversidad es ley.

JenD: Danos tus opiniones acerca de:

Los festivales de jazz en el país.

Hay muy buenos, regulares y otros que no merecen tener el nombre de festival; pero el que exista ese abanico habla muy bien del auge de la escena del jazz en nuestro país.

Los eventos.

Esos son los primeros motivadores para que surjan a cada momento, grupos de todo calibre. Mis respeto al trabajo que ha hecho Jazz en Dominicana en ese sentido, que ha marcado un antes y después.

Los medios y el jazz.

De los medios tradicionales, la radio es el que más respalda. Siempre ha sido así. Hoy contamos con programas que, aunque no cuentan con un contenido basado en jazz en su totalidad, abre las puertas a los distintos intérpretes.

Un reconocimiento merece Quisqueya FM, emisora que, además de acoger algunos de los mencionados programas, cuenta con una considerable cuota de jazz en su parrilla de programación. Además de la radio, las redes sociales y los medios digitales son el otro pilar del referido respaldo. Los demás medios no han jugado un papel importante.

JenD: Existe para ti un Afro Dominican jazz? Qué piensas del mismo?

AM: Existe un movimiento de músicos que andan en una búsqueda de nuestra herencia africana a través de la música, empieza a reflejarse en una obra muy nuestra. Podemos decir que nos encontramos en período de gestación de ese movimiento. Lo que sigue es la constancia y el tiempo dirá. Y ojalá que desde ya empecemos a llamarlo jazz afro dominicano, en español. Los gringos que se encarguen de interpretar lo que decimos, para que el carácter dominicano empiece desde el momento en que hacemos referencia.

JenD: Se siguen abriendo puertas para nuestro jazz en festivales y eventos en el exterior; han estado Retro Jazz, Oscar Micheli Trío, The Dominican Jazz Project, Isaac Hernández, Yasser Tejeda & Palotré y Josean Jacobo & Tumbao. Qué significa esto para el jazz en el país?

AM: Con estos grupos se inicia una nueva valoración de la representación dominicana en la música. Por ejemplo, en ciudades colombianas como Barranquilla y Mompox, ya saben que los dominicanos no solo hacemos merengue y bachata. Allí me han hablado del trabajo de Retro Jazz y de Josean Jacobo y Tumbao. También he hablado con percusionistas que han interactuando con Edgar Molina. Pienso que eso irá creciendo en la medida que se sigan desarrollando propuestas y se dan las condiciones para que más intérpretes puedan viajar al extranjero.

JenD: Qué planes en este 2019 hay para Alexis Méndez?

AM: Al momento de responder estas preguntas, está circulando en Colombia un libro de mi autoría. Estamos viajando constantemente para presentarlo en varias ciudades del territorio colombiano. También tenemos planeado hacer una presentación en Santo Domingo. Además, estoy inmerso en la revisión de otro texto que publiqué en 2014, para una segunda edición. Lo otro es seguir la labor de la fundación y lograr mayor proyección internacional del programa Música Maestro, a través de emisiones especiales. De hecho ya iniciamos con transmisiones desde Lima, en Perú, y seguimos buscando más.

Mis gracias, de todo corazón, para Alexis; por su tiempo, trabajo, dedicación, por su entrega, amor y pasión en todo lo que hace. Es un orgullo y un honor para nosotros tenerlo como amigo, como compañero de armas, como partícipe en muchas de las páginas de la historia del jazz … en dominicana!!

Música Maestro

Productor: Alexis Méndez

Dial: 96.1FM

Dirección para escuchar por internet:

http://quisqueyafmrd.com

Domingos de 3-5PM (hora de República Dominicana)

Esta entrevista fue publicada el 27 de septiembre de 2019

El programa Música Maestro sale aire por la estación radial Quisqueya FM, y pueden acceder al mismo a través del enlace que se encuentra en el QR de arriba.

Raquel Vicini

El pasado 27 de septiembre, dando un giro a nuestra serie de entrevistas, por vez primera publicamos una entrevista a otro actor del jazz en nuestro país, que no es un músico. Compartimos con nuestros lectores la conversación con el productor radial Alexis Méndez. Hoy continuamos con esta línea y lo hacemos con Raquelita, con quien compartir es siempre una muy agradable experiencia. Su dulzura, alegría, humildad y sencillez, su entrega a la cultura musical de nuestro país hace que siempre se nos vaya el tiempo como si nada; y que quedemos a la espera del próximo encuentro con mucha ilusión. Este no fue diferente a los tantos que han pasado, y de seguro a los que han de seguir.

Ella compartió una breve biografía con nosotros. En sus propias palabras les presentamos a Raquel Vicini:
Nací en Santo Domingo de unos padres que me quisieron desde el momento de la concepción. Estudié en el Instituto Escuela, Colegio Santo Domingo, Rosarian Academy, Marymount College de

Virginia y Universidad Autónoma de Santo Domingo. Me gradué de licenciada en Lenguas Modernas, mención Inglés. He hecho infinidad de cursos, seminarios y talleres que me han enseñado a vivir mejor y sin quejas y a vencer mis temores. Soy felizmente casada, no tengo hijos aunque sí sobrinos y ahijados a quienes adoro. La vida ha sido grata y generosa para conmigo. Soy alegre, solidaria y amorosa. Vivo en total armonía con el mundo y conmigo. Trabajé en CARE-Dominicana, Banco de Desarrollo Dominicano y Bancredicard. Soy locutora y co-productora del programa radial "Besos y Abrazos con Raquel y José."

Soy una mujer común y corriente, romántica, humilde, sensible, llena de vida y alegría, liceísta, *anti-los-que-gobiernan-y-pretenden-gobernar*, amante de los viajes, de mi esposo y de los plátanos maduros.

Jazz en Dominicana (JenD): Cómo te inicias en la música? Quienes te influenciaron?

Raquel Vicini (RV): De niña mi papá que era loco con la música, siempre encendía los radios de la casa. Creo que de ahí viene mi amor por los boleros. Luego interna en el colegio me enloqueció el rock. Ya de adulta conocí la música clásica, el jazz y demás géneros. Soy loca con Rubén Blades, los barrocos y más.

JenD: Cómo te inicias en la radio?

RV: Mi querido Teo Veras (QEPD) me entusiasmó para entrar a HIN Radio. Joe Bonilla lo secundó. Fueron tiempos muy bellos con Porfirio Herrera (QEPD), Camilo Casanova, Bernardo Vargas, Pepe Durán, Ramón Arturo Blandino, Camilito Thodemann y otros compañeros tan importantes como los mencionados. Era el programa Experimento-22, los domingos a las 6 pm, a veces llegaba directamente de la playa llena de arena y salitre.

JenD: Cuando nace Besos y Abrazos con Raquel y José?

RV: Cuando Juan Luis Guerra tomó la dirección de Viva FM (1995) nos invitó a José y a mi a ser parte del mejor invento radial jamás hecho en nuestro país, creativo y original como ninguno. Teníamos dos horas diarias en la noche. Excelente y divertida experiencia. Luego pasamos a Estación 97.7 FM, del grupo de comunicación Listín, donde acabamos de cumplir 19 años de transmisión ininterrumpida, increíble, ¿no? En total son 24 años en la radio, fácil de escribir y difícil de creer.

JenD: Han pasado por varias estaciones. Qué resaltas de cada etapa?

RV: Cada etapa tuvo lo suyo. VIVA fue una aventura y gozadera total, con compañeros creativos y chéveres, Juan Luis merodeando, las horas dichas en diferentes idiomas, el cansancio después de un día de trabajo…conocimos gente buena que todavía mantenemos como amigos. Lo mejor del Listín, aparte del horario, 6-8 pm, es el encuentro con José después de un día de labores y el poder evadir el tráfico de la hora sentaditos en aire acondicionado mientras los oyentes nos escuchan en sus carros y sus tapones.

JenD: Cómo preparas cada programa? Como eliges la música?

RV: Al principio –en VIVA- elaborábamos guiones y nos ayudábamos de enciclopedias y demás. A medida que el tiempo fue pasando fuimos cambiando gradualmente hacia lo que deseábamos escuchar en el momento, fueran discos nuevos o alguna música en especial. Damos paso a noticias que surgen sobre las cuales José siempre tiene de qué hablar. También a la música de los entrevistados que siempre enriquece el programa.

JenD: Cómo eliges a los entrevistados?

RV: Muchas veces ellos nos eligen a nosotros. Nos gusta apoyar personas, grupos, nuevas ideas que surgen, ofrecerles el espacio para darse a conocer, es una forma de crecer con ellos. También nosotros buscamos a los músicos "famosos" que vienen al país o que son nuestros amigos y están en el mundo de la música (Juan Luis Guerra, Maridalia Hernández, Gato Barbieri, Gal Costa, etc.). Tratamos de que los entrevistados tengan que ver con música, cultura, educación.

JenD: A través de estos años cómo ha evolucionado el programa? ¿Cómo es el formato actual

RV: No creo que hemos variado mucho el formato. Tenemos bloques de 15 minutos de música seguidos de comerciales e identificación del programa tras los cuales intervenimos nosotros. Actualmente tenemos la sección "Datos y Hechos en Besos y Abrazos" y los viernes música brasileña. Una nueva sección saldrá al aire al leer estas líneas.

JenD: Qué piensas del jazz en el país en la actualidad? ¿Como lo ves en comparación a 5 años, 10 años atrás?

RV: Yo pienso que el jazz en nuestro país ha dado un salto fuera de serie. Si Federico Astwood viviera dijera lo mismo. Es innegable su crecimiento y calidad. Entre otras personas, está Fernando Rodríguez de Mondesert que tiene mucho que ver con este fenómeno por encargarse de dar a conocer y presentar grupos nuevos y conocidos, con constancia y profesionalidad. Hay otras personas que estudian jazz de manera formal aquí (UNPHU, Conservatorio de Música), y en el exterior. Eso no se veía hace una década.

JenD: Danos tus opiniones acerca de: Los festivales de jazz en el país, los eventos fijos y periódicos?

RV: Estos tres renglones constituyen un paso de avance y un gran logro para la comunidad jazzística (léase músicos y jazzófilos). Por ejemplo, el primer festival de jazz nacional (Dominican Republic Jazz Festival, Zona Norte), ya lleva 23 años presentándose de manera constante y gratuita para la población. Los demás festivales y eventos cumplen su función y nos llenan de satisfacción a los amantes del género porque nos ofrecen jazz con frecuencia para nuestro deleite.

JenD: Qué me dices de los medios y el jazz?

RV: Los medios, radio y redes sociales, han servido para difundir y apuntalar el género, para sacarlo del lugar exclusivo donde se encontraba y llegar a mayores grupos de personas. Debo mencionar el medio que me acoge (Estación 97.7 FM) y Quisqueya FM, como grandes "apoyadores" del jazz, a través de los diferentes programas que en ellas presentamos libremente.

JenD: Existe para ti un afro-dominican jazz? Qué piensas del mismo?

RV: Claro que sí, y me encanta porque me identifico 100% con la mezcla de mis raíces y el jazz. Tenemos a Josean Jacobo, Yasser Tejada, Alex Díaz, The Dominican Jazz Project, entre otros, que muestran la belleza de la mezcla de nuestras raíces con el jazz.

JenD: Se siguen abriendo puertas para nuestro jazz en festivales y eventos en el exterior; Qué significa esto para el jazz en el país?

RV: Lo que es: que somos buenísimos y finalmente nos llegó el turno de darnos a conocer más allá de las fronteras.

JenD: Que planes en este 2019 hay para Raquel, y para José?

RV: Bueno, además de las dos secciones nuevas ya mencionadas, estamos en la recta final del año y no avizoramos ningún plan especial. En el 2020 ya veremos qué hacemos para mejorar y mantener entusiasmados a los oyentes que han sido tan fieles en 24 años.

Para terminar, le pedi a Raquelita añadir algo más, y esto fue lo que respondió:

"Para mi trabajar en la radio ha sido una vivencia rica en emociones, amores, risas y un largo etcétera , me siento totalmente identificada con lo que hacemos diariamente de 6 a 8 pm y estoy muy agradecida de los medios que nos han acogido y de la aceptación del público. "Besos y Abrazos con Raquel y José" ha sido una bendición de Dios".

Besos y Abrazos con Raquel y José

Productores: Raquel Vicini & José Guerrero

Dial: 97.7FM

Dirección para escuchar por internet:
www.estacion977.com

Lunes-Viernes de 6-8PM (hora de República Dominicana)

Esta entrevista fue publicada el 4 de noviembre de 2019

El QR que aparece arriba le llevará al sitio web de la Estación 97.7FM, a través del cual podrá disfrutar del programa Besos y Abrazos con Raquel y José!

César Namnúm

Luego de publicar las entrevistas a los productores radiales Alexis Méndez y Raquel Vicini, nos reunimos con César Namnúm para, mientras disfrutábamos de un cigarro -gusto que ambos compartimos- conversar de nuestra amistad, nuestros quehaceres, el jazz y muchos otros temas. Algunos están aquí plasmados, otros se quedaron entre las bocanadas de humo.

Cesar es muy especial, siempre inquieto. Además de música y canto, estudió teatro, pintura y escultura por algún tiempo. Es músico multi instrumentista, fundador y líder del reconocido grupo Maniel, escritor, poeta y radiodifusor (director de la emisora Quisqueya FM 96.1 y productor del programa Compasillo que se transmite por la misma emisora, y por su emisora de Internet compasillo.com). Todas sus actividades, aún siendo distintas, se complementan; todas tienen su toque, su firma.

Entre humos nos confió que su mayor trabajo ha sido en preservar y exponer géneros de la música popular dominicana. Y de inmediato me dice:

"Sabes, he dedicado buena parte de mis años a demostrar la autenticidad del son dominicano. Recordemos que estudié sociología. Buscar respuesta ha sido parte de mi acercamiento a la música. Sean estas respuestas a una inquietud personal o a un asunto colectivo".

A continuación el resultado de nuestra conversación:

Jazz en Dominicana (JenD): Iniciamos la entrevista preguntando, Quien es César Namnúm según César Namnúm?

César Namnúm (CN): Me defino como músico, escritor y radiodifusor. Así espero seguir siendo!!

JenD: Eres músico, director de orquesta, rafiofusor; y escritor. ¿Cómo lo has logrado? Cual de estos sombreros es el que más te acomoda?

CN: Me sirven todos, compadre. Uno tiene la posibilidad de ser muchas cosas. Si algo lamento es haber abandonado el teatro.

JenD: Cómo te inicias en la música? Quiénes te influenciaron?

CN: En escuela de pueblo. Mi profesor inicial fue don Luis Cadena, maestro de toda una generación de músicos de San Juan de la Maguana. Luego pasé a Bellas Artes y recibí instrucciones de varios buenos maestros, entre ellos Don Carías, padre de Guillo, que es sanjuanero. Especial mención para doña Monina.

JenD: Cómo te inicias en la radio?

CN: Estudiando teatro en Bellas Artes de San Juan, hacíamos prácticas vocales en las emisoras, en especial Radio Centro. Ahí empieza mi contacto con la radio. Vale destacar que nuestro profesor de teatro fue el legendario actor, Danilo Taveras.

JenD: Sobre tu historia en la radio. cómo ha sido el viaje?

CN: Muchos años después, no recuerdo bien por qué (80 y pico) empecé a trabajar en el horario mañanero de la Superpotente, de José Semorille. No por paga, sino para que me diera un espacio radial de dos horas al medio día, con "Compás de Son". En lo que se refiere a "Compasillo", empieza como sección mañanera en el Matutino Alternativo, de Carmen Imbert. Luego, mi querida Mariant de la Mota me cede un espacio en Dominicana FM. Recuerdo haber compartido horario del medio día con Federico Astwood por algo más de un año. Ya entonces, era un espacio musical.

JenD: Qué es Compasillo?

CN: Es un espacio musical donde se maneja música nacional, del Caribe y del mundo. De Dominicana FM pasó a ZOL 106.5 por un par de años. De ahí a su cuna local desde hace más de veinte años: Quisqueya FM

JenD: Cómo ideaste el armar la estructura del programa y de la emisora como 24/7 y por internet?

CN: Resulta que ya conocía el valor de Internet. Cuando me pongo un poco prepotente, digo que compasillo.com fue la primera emisora independiente del país, de Internet. Cuando no estoy prepotente, digo lo mismo…jajaja. Cuando tu te manejas en Internet, debes saber que te escuchan en el mundo entero, así que necesitas las 24/7…los horarios son distintos.

JenD: Cómo preparas los programas de Compasillo? Cómo eliges la música? Cómo eliges a los entrevistados?

CN: Resulta que, con los años, todo eso se va haciendo casi mecánico. Tener una buena colección musical, diversa y actual. Reconocer quienes de los invitados pueden aportar a la gente que te escucha. Es un programa diario, a veces se complica pero uno sale a flote.

JenD: Cómo manejas las programaciones para el resto del día?

CN: Lo que hago es introducirle datos y organizarlos, de manera tal que cuando preparo el martes, por ejemplo, ya hay escogida una serie de premisa que la máquina distingue. Así, cualquier día, las máquinas responden a uno.

JenD: Quiénes te acompañan en cabina, y que rol tiene cada quién?

CN: Los lunes, estoy con Iván (Fernández). El es realmente, el productor del día de jazz. El resto de los días me toca solo, a menos que haya invitados.

JenD: A través de estos años como ha evolucionado el programa? Y, cómo es su formato actual?

CN: No he tenido que cambiar mucho, Fernando. En su momento inicial, resultó una novedad. Hoy, creo, es una institución. Naturalmente, no me descuido con eso de "estar al día" con la música que nos interesa.

JenD: Has realizado muchos programas fuera de cabina, cubriendo la mayoría de los festivales del país, conciertos en el exterior, eventos, y otros. Háblanos de estas iniciativas.

CN: Resulta que, la cabina aburre a veces…jajaja… No, no es eso. He vivido en otros países, logré escuchar la radio pública norteamericana. Ví que hacía falta algo como eso en el país; hasta ese entonces. solo se conocían las transmisiones de juegos de pelota. Fui configurando un equipo que permitiera hacerlo; pero con eventos musicales. Mira que hemos pasado mucho, sin embargo, seguimos. Tiene su gracia y sus seguidores. Iván Fernández casi siempre me acompaña

JenD: Qué piensas del jazz en el país hoy día? Cómo lo ves en comparación a hace 10 años?

CN: Tu has hecho un trabajo enorme, compadre. Darle espacios a los músicos para que toquen, es lo que se necesita. Estamos mejor con el jazz y con el estudio de la música. Ambas cosas van unidas. Varios festivales al año, cada uno mejor y de increíble calidad. Se han abierto nuevos espacios, algunos de los cuales han dependido de ti. Se camina, compadre

JenD: Existe para ti un Jazz afro-dominicano? Qué piensas del mismo?

CN: Existe. Es una palabra que no me gusta. Ya no somos ni africanos ni europeos, somos caribeños. Sin embargo, tomarlo como nomenclatura, como palabra para identificar y diferenciar, es correcto. Sí, hay una corriente del jazz afro-dominicano, y es buena

JenD: Qué planes en este 2019 hay para César Namnúm?

CN: Bueno…jajaja, seguir dirigiendo Quisqueya FM y al grupo Maniel. Un libro de cuentos ya listo, esperando publicación, y una novela, por primera vez, en la sesera, no he escrito ni la primera línea…jajaja, pero eso viene. El resto es sobrevivir

Di las gracias a mi amigo, mi hermano, mi compañero de batalles que compartimos la misión de dar a conocer el jazz que se hace en éste, nuestro patio.

César es muy sencillo, aunque con una profundidad no imaginable. Es humilde. Un día de estos al verlo por ahí, salúdelo y dele las gracias, pues lo que hace él, y todos estos gestores culturales, por la música a través de la radio es algo fuera de serie. Amor, pasión, entrega y espíritu de caridad, con mucha paciencia, y con cada programa entretener, enriquecer y expandir; y así aportando a la cultura de la música, en especial del Jazz, en nuestro país.

Para cerrar le preguntamos si quería agregar algo para nuestros lectores:

"Hay que seguir apoyando estas cosas. Ir a los conciertos, seguir estudiando, escuchar los programas que nos interesan, crear un círculo de apoyo que nos permita no desaparecer. Los enemigos son muchos, seamos más que ellos".

Compasillo Radio

Productor: César Namnúm

Dial: Quisqueya 96.1FM y Radio Santo Domingo 620AM

Dirección para escuchar por internet - www.compasillo.com

Lunes a Viernes de 8-10PM (hora de República Dominicana)

Esta entrevista fue publicada el 17 de noviembre de 2019

El QR de arriba le llevará a la estación radial por internet Compasillo, y desde ahí podrá disfrutar de las propuestas radiales de César Namnúm.

César Payamps

César Felix Payamps Fernández es oriundo de Santiago, egresado de la Escuela de Arquitectura de UTESA. Ha ejercido la profesión desde el año 1992, participando hasta la fecha en diversos proyectos arquitectónicos, diseñados y ejecutados por el mismo. Además desde sus inicios profesionales ha mantenido un continuo interés por la investigación y divulgación del patrimonio del país, participando de diversas instituciones nacionales e internacionales que tienen este propósito. Su interés por el patrimonio cultural, le sirvió para ser Becario del Instituto Americano de Conservación (AIC); y de la Unión Europea – Lome IV, Cariforo; Maestría en Conservación de Monumentos y Bienes Culturales 2002-03 (UNPHU); Catedrático Universitario de UTESA y PUCMM. También es miembro del ICOMOS, CARIMOS, CIAV; de la Fundación Palm, EWP, AICA/ADCA; mención de Honor de la Bienal internacional de Arquitectura de Santo Domingo, galardonado por el gremio. Se destaca su labor crítica en los medios Nacionales, en 2009, por la asociación de críticos nacionales. Es miembro fundador y directivo del Colectivo Fotográfico GRUFOS. Ha expuesto en República Dominicana, Cuba , EEUU, Francia, y Seoul en Corea; ha sido conferencista invitado en Seminario Nacionales y extranjeros (Paris y Honduras).

Por otra parte, se destaca la trayectoria en la producción radial desde 1998 con Espacio Universal y es co-autor del libro ¨El Monumento a los Héroes de la Restauración, Historia y Arquitectura¨, 2008. Además, publica sus reflexiones sobre temas de conservación, arte y arquitectura en diferentes medios. Actualmente es director de Museo en el Centro de Convenciones y Cultura Dominicana Utesa, en donde inauguró, en 2018, un museo dedicado a las provincias dominicanas, vista desde su arquitectura Iconográfica.

Ha sido un gran honor haber participado en varios programas junto a él. Mucho compartir que siempre giran alrededor del jazz, dentro y fuera de nuestro país;.

A continuación, el resultado de nuestro encuentro:

Jazz en Dominicana (JenD): Quien es Cesar Payamps según Cesar Payamps¨?

César Payamps (CP): Un hombre polifacético que ha iniciado, hace mas de dos décadas, multiples frentes, y para el cual todos siguen teniendo importancia: esposo, padre, hijo, docente, arquitecto, fotógrafo artista, productor radial, museógrafo… En fin algunas veces todo coincide y se complica, pero muchas veces puedo disfrutarlo todo cuando esta en su justo espacio.

JenD: Cómo te inicias en la música?Quienes te influenciaron?

CP: Me gustaba siempre escuchar cosas diferentes, así como el cine, el teatro. Estudiar arquitectura durante horas infinitas me conecto con un mundo sonoro creativo que tenía que explorar para que fuera en armonía con mis procesos de diseño. Así aparece la música clásica, el jazz, el rock y pop. También mucha trova y música de Brasil.

JenD: Cómo te inicias en la radio?

CP: La radio surge a partir de una pequeña colección de música que iba recibiendo de mi familia en Francia. Escuché un par de ocasiones a Viva fm, una emisora cuyo contenido era música del mundo y me decidí lanzarme en Santiago con una propuesta de producción radial parecida..

JenD: De arquitectura a la radio, cómo fue el viaje?

CP: El viaje continúa, no creo que se acabe nunca para mi. La banda sonora de mi formación de arquitecto es muy variada, por lo que me permitió ser creador de un espacio como mi programa Radial. En estos 21 años, algunas veces me he preguntado si yo he hecho mi espacio o si Él me ha formado a mi. Creo que soy creativo en mis emisiones gracias a mi formación global, gracias a que soy arquitecto.

JenD: Qué es Espacio Universal? Cuando nace?

CP: Espacio Universal es un sueño, el deseo de tener una mejor radio para mi ciudad. Empecé quejándome de se debería mejorar la radio y sus propuestas. Así nace como un aporte personal al entorno musical radial de mi región en el lejano 1998. Tres años después, fui invitado a participar en una propuesta nacional, como es la emisora Quisqueya FM, que transmite desde Santo Domingo, convirtiéndome, sin que esto signifique algo de ego, en el primer programa en la historia de la fm dominicana que he podido llegar por mas de 1,000 emisiones semanales a Santo domingo desde otra provincia.

JenD: De donde sacas el lema de "La música sin fronteras"?

CP: Ese lema nació de poder establecer que con nuestra propuesta radial, no tendríamos limitaciones de géneros, idiomas, paises, o estilos. Que lo que prevalecía, y aún prevalece, es la.calidad de las piezas musicales. Desde el primer día vimos y mostramos que no teníamos fronteras para disfrutar de la buena música.

JenD: Cómo preparas cada programa? Cómo eliges la música y los entrevistados?

CP: Los que conocen mi espacio saben que cada sábado pretendo llevar un tema transversal a la música, que se una a las ideas de las canciones, que los títulos y armonías que van en relación con el tema que vamos desarrollando. Estoy convencido, hoy por hoy, que la forma y la introducción que se le hace a una pieza la convierte en otra nueva experiencia sonora. El programa pretende ser más musical que diálogos. Tengo mis propias concepciones de las cosas y las expreso. En ocaciones suelo pensar en algún entrevistado; pero siempre relacionado con el tema de cada emisión. No es común, pero casi mis emisiones tienen ese misterio de monologo.

JenD: Quiénes te acompañan en cabina, y qué rol tiene cada cual?

CP: Espacio Universal nació con un dueto. Luego siempre me he quedado fijo y he logrado insertar diferentes personas a la propuesta. Benjamin García fue mi compañero, luego quedé solo por muchos años. Aparecieron entusiastas como Jose Manuel Antuñano, que me sirvió de soporte por un tiempo. También Barbara Hernández y Francis Díaz. En fin un espacio tan plural que hasta el público oyente elige la música en ocaciones.

JenD: Cómo ha evolucionado el programa?

CP: La.musica del mundo siempre ha sido el norte del programa y esto no ha variado a través del tiempo. La ultima media hora del programa supone ser solo de jazz. Al paso de los años, el jazz se ha metido entre la musica el tema de cada programa. He llegado a conclusiones muy interesantes, señalando al Jazz como la manifestación mas representativa de la música del mundo contemporánea.

JenD: Has realizado más que varios programas fuera de cabina: en conciertos, festivales, Día Internacional del Jazz y otros. Háblanos de estas iniciativas.

CP: Las necesidades te hacen creativo. Tengo 19 años transmitiendo por Quisqueya FM, lo cual ha hecho, desde hace mas de 6 años, que llegará a trasmitir desde cualquier lugar. Estoy en Santiago y unas de mis emisoras del Cibao está en La Vega. Esto me obligó a tener equipos en mi oficina y en la casa para transmitir mis emisiones via internet, que luego son retransmitidos por las emisoras que tengo acceso.: dos en el Cibao y la 96.1 en Santo Domingo. He ido a la playa, la montaña o a un centro comercial, inclusive desde Nueva York, en multiples veces, hemos hecho nuestras emisiones. Diría que no me asusta eso de ser técnico, al igual que productor.

JenD: Igualmente te gusta usar variados recursos adicionales o externos, cómo el Podcast. Coméntanos sobre estos.

CP: El podcast, es un recurso muy popular hoy día. Soy un productor podcaster de este país. Tengo publicaciones desde hace un tiempo. Son 18 años publicando mis programas en diferentes sitios. Actualmente mis publicaciones se encuentran en el sitio de mixcloud: Espacio Universal. El valor de esto es que puedes escuchar el programa cuando quieras y cuando puedas, dejándole en pausa y retornar a ese episodio cuando deseas. Eso es un podcast.

JenD: Qué piensas del jazz en nuestro país hoy día? Como lo ves en comparación a hace 10 años?

CP: El jazz para mi se ha hecho un género real. Antes pudiéramos considerar que teníamos un par de grupos que tocaban esta música. Hoy tenemos por sub géneros el jazz local, lo cual habla de un desarrollo y variedad que sin duda ha fomentado los espacios de los festivales y los que se han desarrollado en locales privados de manera regular, como la propuesta que Jazz en Dominicana desarrolla.

JenD: Existe para ti un jazz afro dominicano?

CP: Sin duda ha sido la tendencia de buscar nuestras raíces afro. Y se han estudiado esos géneros musicales que se han permeado con el jazz. Pero a mi gusto, debemos, además, estudiar otras raíces que también dominicanas, por decir la hispánica..

JenD: Danos tus opiniones acerca de:

Los festivales de jazz en el país

Han crecido mucho y se han solidificado unos cuantos. Hemos aprendido la manera como se mueven los músicos internacionales. Algunos se llaman festival y los veo más como presentación de un rato y un día. Esto es mi opinion muy personal, y sin quitarle méritos a esos importantes esfuerzos que se hacen en diferentes escenarios de la geografía nacional.

Los eventos fijos

Sin duda han generado un sólido público, mas diverso cada día y de diferentes generaciones. Los veo muy positivos para el Jazz.

Los eventos periódicos

Ayudan a ver músicos internacionales y locales, celebrar fechas específicas del año. Por decir Navidad, el Día Internacional del Jazz y unos cuantos eventos temáticos.

Los medios y el jazz

Sigue creyendo que el jazz es un género de conocedores. Yo no lo veo así. Creo que el jazz ha calado en la población de manera muy natural. Existe un jazz para cada uno de nuestros gustos.

JenD: Qué planes hay para César Payamps en el venidero año?

CP: Mis planes para el 2020 a nivel de mi programa radial es tener mi emisora online de manera continua en mi sitio: Www.espaciouniversal.com. Me gustaría ponerme en eso para poder compartir más con mis oyentes de manera regular.

Gracias a César por el tiempo tomado para generar esta pequeña vitrina que permite ver al productor radial y su Espacio Universal. Le pedimos agregar una palabras para nuestros lectores, a lo que de inmediato respondió:

"Me encantaría agradecer a todos los que han apoyado mi propuesta siempre. Que me han abierto sus hogares y su momento de disfrutar de la musica de su preferencia, a este campesino que transmite desde Santiago para todo el país. Les diré un secreto: me siento orgulloso de haber sido el único que llega con algo a Santo Domingo desde el campo".

Espacio Universal, La música sin fronteras

Productor: César Payamps

Dial: Quisqueya 96.1FM en Santo Domingo y Estudio 97.9FM en el Cibao

Dirección para escuchar por internet - www.espaciouniversal.com

Sábados de 11AM-1PM (hora de República Dominicana)

Esta entrevista fue publicada el 8 de diciembre de 2019

Espacio Universal tiene su propia página, y en ella encontrará todas las propuestas que César Payamps prepara para su público. El QR de arriba le llevará a ésta.

The Interviews in English

Hedrich Baez

He is a pianist, keyboardist and composer, with a degree in music education from the Autonomous University of Santo Domingo (UASD). He has worked with various Dominican groups, participating in national and international festivals: Fernando Echavarría y la Familia André, Maracandé, José Duluc, Roldan Mármol and his group, Xiomara Fortuna and Sin Hora Band, Paul Austerlitz, among others.

His interest in the fusion of Afro-Dominican music with jazz, as well as his studies, experiences in musical life and search for new sounds have given him the basis to create his musical project: Hedrich Báez & La Juntiña. We recently spoke with Hedrich about his life, his music and the release of "Un día como hoy (A day like today)", his first album. The following is the result of this very pleasant encounter:

Jazz en Dominicana (JenD): We start by asking: Who is Hedrich according to Hedrich?

Hedrich Baez (HB): An honest, supportive man, passionate about music and always willing to continue experimenting in search of new musical experiences.

JenD: How did you get started in music?

HB: My start in music was at the age of 10. I asked my father to study piano and he enrolled me in private lessons with Professor Celeste de Marcos, who was also a teacher at the Elementary School. And thus the journey began.

JenD: Who has influenced you?

HB: The most important influences I've had throughout my life have been thanks to the interest I developed, from an early age, to listen to music. Groups like Deep Purple, Yes, King Crimson, Led Zeppelin, Stevie Ray Vaughan, MegaDeath, Oasis, Fleetwood Mac, Pink Floyd, Björk, Pat Metheny Group, Chick Corea Electric Band, Gonzalo Rubalcaba, Irakere, Miles Davis, Dizzy Gillespie, Joshua Redman, Michel Camilo, Allan Holdsworth, Tribal Tech, Chic, Wilfrido Vargas, Juan Luis Guerra, Ramón Orlando y la Orquesta Internacional, Fernando Villalona, as well as other merengue, bachata, classic boleros, and salsa bands ... artists like Xiomara Fortuna, José Duluc, Pedro Aznar, Richard

Bona, Salif keita, Incognito among many others ... pianists such as Keith Jarret, Bill Evans, George Duke, Lyle Mays, Brad Mehldau, Ramón Orlando Valoy, Leo Pimentel, Juan Valdez among many others. One of the people who has influenced me most musically was Dominican guitar player extraordinaire Iván Carbuccia for the many advice received.

JenD: What were your studies like?

HB: I studied classical piano with Celeste de Marcos, Musical Education at the UASD. popular piano with Yoyo Medina, piano for merengue with Domingo Lorenzo, traditional harmony with Santiago Fals, contemporary harmony with Javier Vargas, and some classes with Gustavo Rodríguez.

JenD: How has your music evolved over the years?

HB: I have been interested in composition for about 18 years. At first my music was not linked to the Dominican folklore. This began to change as I became more deeply involved with our roots and have been part, or have collaborated, with important artists that play our fusion music: Fernando Echavarría and La Familia André, Xiomara Fortuna, Magic Mejía, Roldan Mármol, José Duluc, and David Almengod, among others. These experiences, plus my musical influences, completely changed and my way of composing really evolved.

JenD: What is Hedrich Báez y La Juntiña?

HB: Hedrich Báez & La Juntiña arises from the interest in making Dominican music, after having lived so many beautiful experiences and having repeatedly gone to the country's countryside to see, hear and live different folkloric manifestations, I had a lot of information that I gradually captured in my compositions. The first person with whom I spoke to collaborate with this project was Magic Mejía, who has been an important collaborator assembling the percussions and is the one who names the project "La Juntiña".

JenD: How do you feel about creating and being the leader of your own group? Who conforms it?

HB: For me it has been a challenge as well as a learning experience. I feel happy to have been able to take this important step in my career and musical life. My musicians are: Magic Mejía, José Ramón Rodríguez, Moisés Silfa and Gabriel Henríquez in percussion; Otoniel Nicolás on drums; Denis

Belyakov, saxophones; and Rigoberto Cabrera on the electric and acoustic bass.

JenD: Soon you will be releasing your first album, "Un día como hoy (A day like today)", tell us about the album, the reason for it, the style or styles used.

HB: This is the materialization of a personal dream, the result of a continuous need to make music and a way of exposing my point of view as a composer. In this first album we take the listener on a tour of some of the most important folkloric manifestations of our country, its rhythms, beats and songs: the salve, priprí, mangulina, pambiche, bachata, gagá, dead stick, stick, congo of Villa Mella, chuín from Baní. These are some of the expressions with which we experiment, mixing the colorful sounds of our music with the modern harmony of jazz.

JenD: What do you think, look for and expect from this CD?

HB: This is only the beginning, as our intention is to continue making music, always highlighting the rhythms of our country. That way we share our passion and convey the joy we feel when interpreting it. We hope to project this album nationally and internationally and achieve a dignified representation of Dominican music.

JenD: Which songs were special for you in the CD?

HB: Really all of the compositions are special and each one has an individual history, but I must mention "Un día como hoy (A day like today)", which is the title of this production and is one of the most special because it was the first song that I composed for this project. Another is "Valequiro", which is a tribute to my deceased grandfather Quirino Rodríguez from Santiago Rodríguez. In the family there was an ensemble of typical merengue and he played the güira.

JenD: What does afrodominican jazz mean to you?

HB: It is a musical expression that mixes our Afro-descendant heritage with the colors of modern jazz.

JenD: Doors are opening for our jazz at festivals in the area. Retro Jazz, 4inTune, Josean Jacobo & Tumbao, and others, have been to festivals in the

region. What does this mean for jazz in the country, and for you?

HB: The projection and international recognition obtained by the local groups positively impacts the movement, since it arouses the interest of the festivals and more and more people are exposed to the new musical proposals from our country. For me it means a lot first because it makes me happy to know that local groups are driving our music internationally, second because it motivates me to move forward and work to be better every day.

JenD: What other plans are in store for Hedrich Báez in 2019?

HB: Now we are focused on preparing the release concert of our first album and we have some things cooking locally and internationally.

We thanked Hedrich for his time, for his well-crafted responses, for his music and for La Juntiña. Before letting him go, we asked him to add some words for our readers, and his response was:

"I would like to encourage all to support Dominican music projects, not only listening but also buying the records, sharing on the networks, attending the concerts. In this way you can

contribute too that we continue creating and transmitting another side of our musical culture.

This interview was published on January 24th, 2019

In the above QR you can access and listen to the CD ¨Hedrich Báez and La Juntiña - Un Dia Como Hoy¨, released on March 2, 2019.

Marcio García

Several years ago I saw a young talented musician of ours, Marcio García, nephew of our friends Henry and Milagros, leave to study in Colorado. His interest was piano, both classical and jazz, something that immediately reminded me of Michel Camilo. On one of his university vacation trips, he showed up one night at the *Fiesta Sunset Jazz* venue and we invited him to play several tunes ... ohhh, how far had he come! Since then we have followed his career closely ... from attend the *Lamont School of Music at the University of Denver*, where he completed a degree in classical piano and a master's degree in jazz, to studying classical piano in Vienna, Austria as part of the *Cherrington Global Scholars Program*, and then on to New York to obtain an *Artist Diploma in Jazz Studies at the State University of New York (SUNY) Purchase Conservatory of Music*.

In November of 2018, Garcia recorded his first album entitled "Forest", whose release is today!! He currently resides in New York City and thanks to technology we achieved this interview. It is an honor to present to you Marcio Garcia!

Jazz en Dominicana (JenD): We know you started playing classical music at age 7, when you get into jazz?

Marcio García (MG): Since childhood I was always interested in music. My parents had a small electric keyboard and a lot of music has always been heard in the house. When I liked something I deduced the melodies or tones that seemed interesting to me by ear. I began my musical studies at seven years of age at the Centro de Educación Musical Moderna (Center for Modern Musical Education), where I remained until my graduation at 17, completing the title of piano teacher (first teachings), and then briefly studied popular music at the National Conservatory of Music, where I began to develop an interest in improvisation.

JenD: Who influenced you?

MG: In the compositional field, Ravel and Debussy influence me, how they tell a story, and how they use specific sonorities to manifest the illusion of images or figures. Regarding interpretation: Barry Harris,

Chick Corea, Herbie Hancock, Hank Jones, Sonny Clark, Cedar Walton. I have also had the blessing of being able to meet, study and make friends with many of my jazz piano idols such as David Hazeltine, Taylor Eigsti, Eldar Djangirov, Kevin Hays, among others.

JenD: What were the experiences in Denver, Colorado; Vienna, Austria and Purchase, NY like?

MG: Enriching since I arrived in the United States. In Denver, Colorado I completed a degree in classical piano and a master's degree in jazz. A scholarship allowed me to study classical piano in Vienna, Austria in 2011, which gave me access to an artistically rich culture, which motivated me to continue developing the compositional / improvisational field in my music. For some time I had had New York in my viewfinder, since I wanted to be among the musicians I admire, and in that is where everyone is! The musical attitude in New York is incredible, as a result of the cultural diversity and dynamics of living in the city.

JenD: How do you understand that you have evolved as a jazz player?

MG: I've been evolving as a musician. I think that when categorizing musicians as jazz, classical, popular etc. there is a risk of losing the intention of the musician. At the end it does not matter what style of music you play; you are a musician, and you are trying to convey a message through a language, as if it were a conversation. Bach, Mozart, Beethoven, all were improvisers, but I am of the opinion that from the moment the music began to be put on paper, the concept of "improvisation" became clouded. Actually, we as improvisers are a continuation of that same movement of which these great composers were part of.

Personally, I have learned to understand music from a conversational aspect: there is dialogue, there is space, there is a message, just as it is when we communicate with our languages.

JenD: You are an instrumentalist, composer, arranger, teacher. What do you like most?

MG: I love teaching. I currently have a studio with a good number of private students, as well as being part of the *ACME Hall Studios* faculty, a private music school in Park Slope, Brooklyn.

Truth is that I want to share everything I have been learning with future generations. I always try to emphasize the importance of studying a musical instrument, since this activity modifies the structure of the brain. It is beneficial for memory, socialization and language skills.

JenD: How do you feel when creating,...when composing?

MG: Composing allows me to create musical environments based on my tastes: it's like writing a story and choosing the characters to your liking. It is even more rewarding when the listener understands the narrative of your composition just by listening.

JenD: With a career just beginning, you've already participated in the *Stanford Jazz Institute, Monterey Next Generation Jazz Festival, Five Points Jazz Festival, Carnegie Hall, Blue Note, Birdland and the Dizzy's Club Coca-Cola at Lincoln Center.* What have these experiences meant to you?

MG: Each experience has been very rewarding. It´s been great to be able to present music in recognized venues, and especially to people with different cultural identities. The more you can access more people, the better, but always being honest to the musical intention, no matter where the presentation is.

You are releasing "Forest", your first musical album. Tell us about the production, the reason for it, the style or styles that are present.

MG: "Forest" is a compilation of six original tracks. I wrote them thematically based on conversations and experiences within an imaginary forest. Returning to Ravel's compositional style, I am passionate about impressionism, and decided to try to reproduce some elements of this fictional forest, while maintaining a unique sound identity.

What do you think, look for and expect from this production?

MG: I want this production to be accessible to everyone. It is not exclusive for any specific audience. It is an introduction to my sound textures in the acoustic piano and to whom I am musically. I look forward to bringing this live music to all parts of the world!

JenD: Which formats did you use in the album? Who accompanies you?

MG: Four songs are in the trio format, one for a quartet and one as solo piano. On the first track I have Doug Weiss on bass, recognized for his work with the quartet of the legendary drummer Al Foster and the trio of Kevin Hays, who I met at the *SUNY Purchase Conservatory*, where he is part of the faculty and where I completed an *Artist Diploma*. On the second track, saxophonist Rich Bomzer, who I also met at the SUNY Purchase Conservatory when we were part of the Jazz Big Band. Rich is an amazing musician, with very unique compositional ideas and a captivating sound.

The trio is: Myles Sloniker on bass, a Colorado native and excellent bass player in the jazz and folk scene in New York, who has worked with Ron Miles, Jeff Coffin, David Hazeltine. On the drums is Jimmy Macbride, a Connecticut native and a graduate of *Juilliard*, who has worked with names such as saxophonist Jimmy Greene, pianists Eldar Djangirov, Beka Gochiashvili, David Virelles among others. And of course, myself.

JenD: Which song or songs were special for you in this album?

MG: All the songs are part of the same narrative, and all are special, but the third track, "II. Valley", I think it manifests, in a very particular way, the blocks of sounds I had in mind.

JenD: What other plans are there for Marcio García this year?

MG: To write more, collaborate with other musicians, take my music to all parts of the world and continue to absorb knowledge every day. I am currently organizing presentations to bring this project to Dominican ears. Stay tuned!

Special thanks to Marcio for his time, for his dedication, for keeping us informed of his doings, his achievements... his friendship. And at the same time, we are committed to keeping our readers aware of his career, which is just beginning.

Before saying goodbye, I asked Marcio, to add some words to our readers:

Thanks for your support to art and music! If you are jazz lovers, share with your family, colleagues and friends. Something as simple as going to a live music show, or a "like", or "share / repost"; The simple fact of being present can help an artist connect with more people".

This interview was published on March 3rd, 2019

The QR will take you to listen to: "Marcio García - Forest". The album was released in the United States on March 4, 2019

Patricio Bonilla

On February 24th, trombonist Patricio Bonilla, released his first album "Volando Bajito (Flying Low)". Conversing on the subject, we decided that an interview would be good, and that it would be part of our ¨Jazz en Dominicana 2019 - Interview Series¨. The result of our get together is published below ...

Beforehand, here is a little about Patricio: He was born in the city of beautiful sunsets: Mao, Valverde province, Dominican Republic. Then on to Santiago de los Caballeros to study at the Instituto de Cultura y Arte (Institute of Culture and Arts-ICA), where he acquired a solid preparation. Several jazz workshops contributed much to his improvisational skills on the trombone, whilst the university of life was responsible for polishing the rest.

Bonilla is a profound connoisseur of the technique that is required to know an instrument, especially the trombone, one of the most difficult to play well, due to its intricate positions and tuning problems. These two conditions are vital for the development of an instrumentalist, which Patricio achieved at a young age. The musician has a tremendous ear capacity, known as "Perfect Pitch / Perfect Ear", which means he has the ability to identify any sound instantly. His musical reading is formidable; he is what is known as "First Sight Reader", having this quality allows one to play with the lowest rate of errors, since one can read three and/or four bars in advance.

Patricio has worked with the best music producers in the country. He has also participated in countless recordings for artists such as: Juan Luis Guerra, Ramón Orlando, Jorge Taveras, Dioni Fernández, Sergio George, and Manuel Tejada. He says that working with various producers has nourished him professionally. Along with his trombone, he has accompanied Rubén Blades, Alejandro Sanz, Miguel Bosé, Enrique Iglesias, Juanes, Ricky Martin, Juan Luis Guerra, and Arturo Sandoval on their international tours. Puerto Rico, United States, Japan, Holland, Norway, Costa Rica are some of the countries that he has stepped on playing music, whilst never forgetting his roots.

He currently plays with Juan Luis Guerra and 440; and his own project: La Banda. Now, on to the interview.

Jazz en Dominicana (JenD): I want to start the conversation by asking Patricio Bonilla, Who is Patricio Bonilla ¨?

Patricio Bonilla (PB): A human being with virtues and defects, who is always committed to seeking improvements without harming anyone. As a professional a competitive person, in the good use of the term, always looking for ways to transform everyday things into something new for the enjoyment and delight of those who believe in it and follow the good music

JenD: How did you get started in music? Why did you choose the trombone?

PB: I started at the age of 12 at the municipal music academy in my town, on my mother's invitation that I study music. But I did not choose the trombone, I wanted tenor saxophone but there was none at that time, so they put me to study the euphonium. Because the euphonium and trombone use the same mouthpiece, searching for a more popular instrument, I decided to take the trombone.

JenD: Who influenced you?

PB: Throughout the years you have all kinds of influences. One of the main ones was the famous

American trombonist Bill Watrous, due to his peculiar technique. Then I listened to the music of Frank Rosolino, JJ Johnson, JP Torres, Robin Eubanks, Steve Turre among others , these have marked a style in my career as a trombonist.

JenD: You've played everything: Jazz, Blues, Pop, Rock and more. Which do you prefer, and why?

PB: I don't like to see music as a specific genre. From each one I get something that can contribute to what I'm doing at the moment. And at that moment I like the ones that give me the most freedom to be me as an instrumentalist.

JenD: How has your music evolved?

PB: I would say that at 95%, the maturity with which I can do and listen to music right now can define my evolution as an artist.

JenD: You have played at various events and festivals with your Jazz Funk group. Where is that project?

PB: That project was called Transit Jazz and it was a school for my career. At this time it does not exist but it left its fruits ... without a doubt.

JenD: Tell us about the experience of playing with Juan Luis Guerra?

PB: Juan Luis Guerra is a university for any instrumentalist who passes through his hands, his group. I give thanks, for with him, the search for perfection was impregnated in me, and this adds quality to everything I can do.

JenD: You are multi instrumentalist, composer, arranger. What else do you like?

PB: I am studying and venturing into the Flugelhorn, working to provide music with this beautiful instrument.

JenD: How do you feel when creating, when composing?

PB: It is my space of freedom, necessary to make sense of what I do. Composing is like giving sprouts of my soul to the world, giving life to my thoughts.

JenD: You have just released your first record production "Volando Bajito (Flying Low)", tell us about the album.

PB: It's my first baby where I stand out as a musician, arranger and composer. This album is a compilation of my first compositions, that as a child, are taken to large orchestration and performed in Caribbean rhythms fused with jazz. It consists of 9 tracks, among which we will find from danzón to typical merengue, and a fusion of genres.

JenD: What do you think, look for and expect from this album?

PB: I think it is a good fusion of rhythms that can reach other followers of good music. I am looking for the public acceptance that follows the good. I hope that the world can listen to my music and see that there is more within me to give than being just a trombonist.

JenD: Who accompanies you on this project?

PB: Great Dominican musicians participated in this album, for example; Isaias Leclerc, Abel González, Jarrington de León, Bilma Olivence, Otoniel Nicolás, Gregory Carlot, Joel Ramírez, Israel Frías, Baby Tambora, Manuel Saleta (Tuti), Luis Mojica, Rafael

Carrasco, Fauris Accordion, Manuel Paulino (The Great Minimambo), Junior Sánchez, Juan Gabriel (special participation) Jiménez, Rafael Ortega, José Antonio Carrasco, Jairo Milanés, and Alexis del Rosario (camakito).

JenD: Which is your favorite song? Do you consider this a jazz album?

PB: I love "Tipitromb" for being a typical merengue with trombone. We Dominicans know how fast our typical music is and playing it with a trombone was a challenge. "Mi Razón" really fills my soul, where in a bolero the trombone carries the singing voice of a melancholy melody.

I consider the album to be a fusion of Caribbean Rhythms mixed with Jazz.

JenD: What other plans do you have for this year?

PB: To keep writing music and take it abroad, as well as new projects as a soloist that I am working on.

Congratulations to Patricio for this excellent album, in which he really leaves it all, he delivers everything he's got, so that we can witness everything that his heart and soul have expressed, and is manifested in ¨Volando Bajito (Flying Low)¨.

To finish Patricio added:

"It should be noted that I am the first Dominican trombonist who releases an album as a soloist. I urge everyone to continue to favor this wonderful blog that serves as support to those who strive to make good music. Thanks my dear Fernando for your usual support"!

This interview was published on March 14th, 2019

The QR above will take you to enjoy the album Volando Bajito by Patricio Bonilla. Its release was on February 24, 2019

Juan Francisco Ordóñez

In *La Azotea of the Dominican Fiesta Hotel & Casino*, we met with instrumentalist, composer, arranger and friend of many years, Juan Francisco Ordóñez. We spoke about matters that, around an upcoming date, brings us together and interest us.

Juan Francisco was born in San Carlos, Santo Domingo, on October 4. The son of José Ordóñez García and Crisanta González, immigrants from Asturias, Spain. At age 11 he began his guitar studies with Professor Blas Carrasco, then continued them self-taught. He learned music reading with Professor Sonia de Piña. He completed his primary and secondary studies at the De La Salle School and obtained a degree in Economics from the Autonomous University of Santo Domingo (UASD).

In 1976-1977 he was part of the group ¨Convite¨ - essential reference when talking about the rescue and transformation of Dominican folklore in the 70s. At the end of 1982 he established, with the legendary

Luís Dias, Transporte Urbano, group in which he was the lead guitarist for almost 25 years. In 1985 he traveled to Moscow, where he made several presentations together with Patricia Pereyra and Luís Días within the framework of the World Festival of Youth and Students. At that time he began to think about fusion projects such as OFS, a trio formed jointly by Guy Frómeta (drums) and Héctor Santana (bass). This group traveled to Peru in 1986, where they performed with Sonia Silvestre at the Festival of the New Latin American Song. OFS also appeared in June of that same year with singer Patricia Pereyra in the 4th edition of the "Carnival du Soleil" in Montreal, Canada. In the nineties he created a Caribbean fusion trio (Trilogia) with Héctor Santana and percussionist Chichí Peralta.

He is currently the director of the La Vellonera group that accompanies singer-songwriter Víctor Víctor in presentations. He also performs periodic concerts with his jazz fusion trio, his accomplices being Guy Frómeta and Gustavo "Cuquito" Moré.

Ordoñez has developed a career as a soloist and as an arranger for private artists and movie soundtracks, such as in the short film "Frente al Mar", about the homonymous story by Dominican writer Hilma Contreras and "Azúcar amarga" by director León Ichaso. He has also taught several generations of guitarists. He has worked as a studio guitarist and in presentations for different artists and groups from the

Dominican Republic, Latin America and Spain. Also, he has participated in jam sessions with jazz musicians such as Paquito D´Rivera, Charlie Haden and Don Cherry. And, with different musicians, in Jazz trio format in various Jazz venues in Santo Domingo and festivals in the country.

Here then, is the result of our ¨chat¨.

Jazz en Dominicana (JenD): How has the music you are doing evolved? What concepts have you included in this stage of your career?

Juan Francisco Ordoñez (JFO): The evolution is a process that occurs, although it is not perceived rationally. It flows and not necessarily is conscious. And the evolution of music is ,in that sense, the evolution of the concept; it starts from a referential framework linked to what is my imaginary musical interior; music from my beginnings and, that from my subconscious, becomes a container seasoned with all the background of that other music I assumed on the road to being a real and acting musician. Here I refer to my work as a jazz musician, a rocker: but also my work in popular and even folk music.

JenD: How do you see jazz in our country today - musicians, venues (events), schools, diffusion o the genre (radio, etc)?

JFO: I think a lot has been gained in terms of venues and dissemination. There are many proposals and places where to go see them. The main pitfall is that people still resist paying for jazz as a show.

JenD: What do you think of the celebrations of International Jazz Day, and Fiesta Sunset Jazz's 500th event?

JFO: A referent. A day devoted to a way of making music that has influenced millions of beings in multiple ways. The 500th at Fiesta is a true milestone!!

JenD: Release of your first Jazz record production ¨Ordóñez Trío¨, tell us about the album, the reasoning for it, the style or styles used?

JFO: Always the first of something generates apprehension and commitment but, this work, despite being new, carries many a session in it. It is a vertical cut of a moment of our music, with its lights and its limitations and with its essential nostalgia. There is bolero, jazz, bachata, rock-fusion, space music, new songs and other things that will probably be discovered by the people who hear it; the reason for this project.

JenD: What do you think and expect of this album?

JFO: The peace of mind of recording it is essential. It is terrible to just think how much music with transcendence ends in oblivion because no one hits the red button.

JenD: What are you looking to convey?

JFO: Less expectation, greater happiness. Transmit? Only that, happiness and tranquility; although with some minimal note of terror. As we can't get bored too much!

JenD: What song or songs were special for you on this one?

JFO: It is difficult to answer this question. What can motivate me to the intimacy of my compositions? Making intimate songs by other composers? It is a dilemma. Anyway, I really like playing Silvio Rodriguez´s ¨Unicornio Azul¨.

JenD: **What other plans are there for Juan Francisco Ordóñez in 2019?**

JFO: Well, there are trips to Spain and Chile with the "Vellonera" accompanying Victor and other surprises that are always popping up.

We thanked him for his time, for his music, for his friendship. We invite all to accompany the "Juan Francisco Ordóñez Trío" next Friday, April 26th, for his so very special concert at the Fiesta Sunset Jazz.

Before letting him go, we asked him to share some additional thoughts with our readers:

"Try to support the local music movement, both Jazz and other options. In our backyard there are many well-intentioned people struggling to make their proposals as an option of another type of music that spreads virally, but with a questionable quality".

Fernando Rodriguez | 137

This interview was published on April 21st, 2019

On April 26, 2019, Juan Francisco Ordóñez Trío released: El Trío, Vol. 1. The above QR code will take you to enjoy the complete album.

Alfredo Balcacer

He left for the United States several years ago to pursue his higher education: Resulting in him graduating with a degree in musical interpretation from *Utah State University* and a master's degree in musical interpretation from *Western Michigan University*. During his years there he studied privately with Corey and Mike Christiansen, Fareed Haque, Tom Knific, Pat Martino, Bryan Baker, Fred Hamilton and Ed Simon, among others. As a musician he has performed in the USA. Brazil, Canada and the Dominican Republic, and has taught guitar privately for 8 years.

In addition to being part of award-winning groups such as the Gold Company, the Utah State University Jazz Orchestra, the Western Michigan University Jazz Orchestra and the Latino Ensemble Mas Que Nada, he also received scholarships from the Dominican Republic, the *Utah State Caine College of the Arts* and the music department of *Western Michigan University*.

For the past 10 years he has performed and collaborated with many artists, some being: Peter Erskine, Randy Brecker, George Garzone, Peter Eldridge, Jeremy Siskind and Deborah Brown. He has attended and acted in the master classes of John Scofield, Chico Pinheiro, Julian Lage, Peter Bernstein and Philip Catherine. In the Dominican Republic, he performed and recorded with artists such as Los Hermanos Rosario, Vakero, Javier Vargas & ATRE, Cuquito Moré, Otoniel Nicolás, Guy Frómeta, Juan Francisco Ordóñez, Josean Jacobo, Esar Simo, Los Rayos Solares, Diego Mena, El Metro, El Diario de Nadie, and many more.

Thanks to technology we managed to interview him. A long and excellent conversation resulted in the excellent material in this publication.

We present guitarrista and educator Alfredo Balcacer.

Jazz en Dominicana (JenD): We begin with the question we really like to ask to start an interview: "According to Alfredo Balcacer, who is Alfredo Balcacer"?

Alfredo Balcacer (AB): A person with many dreams to fulfill, goals to accomplish and places to go. With a passion and respect for music and the way in which it impacts the listener.

JenD: How did you get started in music? Why the guitar?

AB: The first instrument for which I felt attraction was the drums, but in our house we couldn't have one. The idea of the guitar emerged as a second option. My house was not necessarily a musical house, but we were linked to the artistic medium thanks to my father, who was one of the most renowned radio hosts and who at the time had a recording studio. My beginnings in music were directly influenced by two friends, who were learning guitar at that time, Luis Gil and Yasser Tejeda. In fact, the three eventually had the same teacher. That was a very important time in my formation.

JenD: Who influenced you?

AB: I would say that my first influencers were my teachers, starting with Johnny Marichal and Javier Vargas. The latter became my mentor, and he prepared me to enter the National Conservatory of Music. Besides, he has been my personal friend for almost 20 years.

Moving on to the Conservatory of Music, I met Jacques Martínez and Federico Méndez, who became two great influences at the time. Thanks to Federico I got to know Tribal Tech and Scott Henderson, which I consider one of my biggest influences in the way I play, write and perceive music. Thanks to Jacques I was exposed to John Scofield, Coltrane and the world of improvisation. Much has happened since then and the list of who my current influences are would be too long to publish in this interview. I tell you that Stevie Ray Vaughan, Kurt Rosenwinkel, Pat Metheny, Randy Brecker, Keith Jarrett, Juan Luis Guerra, John Petrucci, Jimi Hendrix, Grant Green, John Coltrane, Charlie Parker and Sonny Stitt are some of the most important names for me.

JenD: How were and what did each stage of your studies mean?

AB: In *Utah State* I met Mike and Corey Christiansen. With Mike, I exposed myself to one of the finest and most refined ways of teaching guitar that I had experienced until then. Corey became not only my mentor and friend but also one of the greatest and most palpable influences I've had in the last 8 years. He has been an extremely important part in my training and development. Utah meant a stage of great personal and musical growth, which helped me understand the music from a totally different perspective than the one that had been exposed before. Western Michigan was where I really assimilated everything I learned in Utah and put it into practice. Here I had the opportunity to play and study with musicians extremely above my level, which helped me to continue surpassing myself and forcing myself to keep looking forward. Both schools were extremely important in my training. Western Michigan also provided a stage of profound personal changes, which led me to the subsequent realization of my album.

JenD: You've played everything: Jazz, Blues, Pop, Rock and more. Which one do you prefer, and why?

AB: Difficult question! I tell you that this year I spent playing country and oldies music (with hat, boots and line dancing) I have been fortunate to play many styles but my heart will always feel happier playing Jazz, Blues and Rock.

JenD: How do you understand that your music has evolved?

AB: I think the most palpable aspect has been the connection of my inner self with what I project and play outwards. Before I could not express 100% what I was feeling in a way that was musical. Now I can do it at 50%, haha! The technical and theoretical part has also helped me a lot to have a lot more confidence in myself and in what I can do. It has been a process of acceptance of my weaknesses and skills as a musician and human being.

JenD: Share with us what have been for you the best or the best experiences so far.

AB: The best experiences have been related to the special people I have met on this path. The inspiration that many teachers, friends and musicians with whom I have played have instilled in me.

JenD: How do you feel when creating, when composing?

AB: A chaos of emotions. Composing is very difficult for me and I can last months writing a single song. Maybe I'm a bit ambitious in this regard and that's why it takes me longer than I should. I try to get carried away with the initial inspiration and take it from there. At this stage is where I usually find myself annoyed with myself, because I don't finish the song faster, haha! In the end and when everything is complete, I think that is where I feel most comfortable and I can let a smile out.

JenD: Tell us about the album, the reasons for it, the style or styles used?

AB: The album comes out of the need to create and capture these creations for future generations. It is our social responsibility as musicians and artists to document what we do. The idea of making the album was born in 2017, after I started rehearsing some songs with my band from back then. Already by the end of that year, we had put together 6 songs, which were presented at my master's graduation recital. When it was all over I started to think about the idea. 2018 arrived and I communicated with the band and raised the idea and everyone said yes. We separated the studio 8 months in advance and this time afforded mr the chance to compose 3 new songs. The interesting thing about the process was that we didn't play together for almost a year and we saw each other's face for about two hours one week and a half before the recording session. When we arrived at the studio, it was 10 continuous hours to record the 9 tracks. Very intense!

The styles were born simply from the need to capture where I come from as I was perceiving the music at that time. I found it interesting to transcribe the percussive patterns of our rhythms and take them to the drums, to see the interpretation that my drummer could give them. Likewise happened with the bass. In fact, adding percussion was an idea that emerged weeks before the recording. For me it was more the idea of what they could interpret as American musicians without having been exposed to our music (Dominican). Some of the styles we implemented were gaga, palo, bachata and the *afro-cuban*. However, we used styles that they dominated such as funk, swing and modern jazz ballads.

JenD: What do you think, look for and expect from this album? Who played with you on this project?

AB: My greatest desire is for people to find something that allows them to connect with music. I think there is variety for the any type of listener. The band is: Madison George, drums; Otoniel Nicolas, percussion; Henry Rensch, electric/acoustic bass; Rufus Ferguson, piano/keyboards; Dutcher Snedeker, Moog; Katie Lockwood, singer; Caleb Elzinga, tenor saxophone; Dr. Scott Cowan and Elliot Bild, trumpets; Yakiv Tsvientinskyi, trumpet and flugelhorn. In the technical part Jv Olivier, is my producer and mixing engineer and an extremely essential part of putting together the project; Carlos Yael Santos, mastering engineer; Nick Pasquino, tracking engineer; Sam Peters assistant engineer; Luis Gil, art cover designer of the album and Fernando Rodríguez De Mondesert (you), who wrote the album's liner notes. It was recorded using 4 different studios, the most commonly used being "La Luna Recording and Sound" in Kalamazoo, Michigan and Terranota Studios in Santo Domingo. This project would not have been possible without the financial support I received through my campaign on the Indiegogo platform.

JenD: What song was special to you?

AB: There is no favorite but I confess that I have a special love with "A Love Treaty" and "The Mourning Process."

JenD: How is your day-to-day relation with your music, your teachings and wanderings between your two worlds: the Latin and the American?

AB: They are two very different cultures and developing this music in a context that is not conducive to its development and consumption has been very interesting. I think that depending on the context in which I find myself in and the language in which I speak, a different Alfredo comes out. I have learned a lot from American culture and my goal is to try to find an organic way to balance who I am here with the Alfredo that left Santo Domingo.

JenD: What other plans are there for 2019?

AB: All the focus will be on my record and promoting it as much as I can. If I'm honest, this

2019 will be a year of many changes. I return to the Dominican Republic after living almost 8 years in the United States. I am letting things flow and see where it takes me.

We are very proud of that Alfredito who one day left to go study, and now returns as the Alfredo who will write many pages in the history of Jazz ... in the Dominican Republic.

Before finalizing, we asked Alfredo, to share some additional words with our readers:

"Thank you to all your readers for giving me the opportunity to express myself through your blog. I have always had a very special connection with the followers of Jazz en Dominicana. I hope to see you soon"!

This interview was published in two parts on May 2nd and 3rd, 2019

The QR above will take you to listen to Alfredo Balcacer´s "Suspended Sea". Album released on June 28, 2019.

Josean Jacobo

Having participated in several festivals in our country and internationally, a number of local and international presentations, and releasing several record productions, pianist Josean Jacobo has just shared with us his most recent work, the album "Cimarrón"!

Since being founded in 2005, Josean Jacobo & Tumbao has been in constant evolution, playing traditional Latin jazz, then into Latin jazz nouveau until today becoming the most important flag bearers of the Afro Dominican Jazz movement, whose mission is to make known the rhythms of the Dominican Republic´s traditions.

The group represented our country in 2018 at two festivals abroad, in January the Panama Jazz Festival, and in August the Salem Maritime Festival in Salem, Massachusetts, USA. They have already played at

Barranquijazz (2016). Also the Sajoma Jazz Festival; DR Jazz Festival; Santo Domingo Jazz Festival en Casa de Teatro; Las Terrenas Jazz Festival; in 2010 'The World Jazz Circuit Latin America" (Santo Domingo) with the "Peter Erskine New Trio"; "The Gwadloup Festival" (2009 - Guadeloupe), "The Berklee College of Music International Folk Festival (2006)". They have also played in various live jazz venues in the Dominican Republic, Boston, New York, and Argentina.

We met with Josean in La Azotea of the Dominican Fiesta Hotel & Casino, for this interview, and share with our readers the result of the conversation had in the very pleasant meeting:

Jazz en Dominicana (JenD): The last time we interviewed you, you were packing your bags to go and represent us at the Panama Jazz Festival, and then the Salem Maritime Festival. What were those experiences like for you, and for the group?

Josean Jacobo (JJ): Really rewarding. The acceptance of the international public and the welcome that the Dominican culture has received through our music has been an extremely pleasant experience.

JenD: Doors continue to open for our jazz at festivals and events abroad. We have been represented by Retro Jazz, Oscar Micheli Trío, The Dominican Jazz Project, Isaac Hernández, Yasser Tejeda & Palotré and you. What do you think this means for jazz in the country? For you?

JJ: Definitely we are gradually opening new horizons for Dominican music as far as jazz is concerned. I am proud to be represented internationally by the artists you mentioned. I think that our work, can somehow, in the future influence the new generations that are coming, and together we can place the Dominican flag up high.

JenD: What opportunities and difficulties do you see for the participation of you and other groups in festivals in the area?

JJ: There are definitely many opportunities, the problem that we face today in our country is mainly the lack of knowledge. We need artists to better understand the music industry and the new model of self-management facing music today. You have to be willing to invest time, effort, work, money, and countless other things. You have to know what you need to do to reach the public that you want to reach, because definitely, globally, there is an audience for each artist. You just have to learn how to get there and take the necessary steps to achieve it.

JenD: You continue to bet on *Afro-Dominican Jazz*. How has the trip been and what is the reason for it?

JJ: *Afro-Dominican Jazz* is a reality and we have already formed a collective of artists who are working with the purpose of bringing it to the world so that other musical forms from our country be exposed. The trip has really been and will continue to be a lot of effort and work. With ups and downs, but very rewarding.

I understand that I have taken this path for the love I have for the Dominican culture, for the desire to contribute so that we have a better country, so that we may be seen with good eyes internationally, so that our rhythms be worthy of study and as well we as Dominicans, have things to be proud of, so that we may defend with our actions and with our expressions the good values of our culture.

JenD: It seems just the other day we were talking about "Balsié", and how it marked you before and after. Why was it a before and after?

JJ: Balsié was formally my first Afro-Dominican Jazz album and it opened a door inside me that I didn't know existed. It taught me to investigate, to conceptualize the work, to develop it based on an idea, to follow a musical line of thinking. It also left me the task of increasingly exploring and looking for different ways to represent our musical ideas.

JenD: Now you are preparing to give the Dominican Republic and the world the album "Cimarrón". What is it and what does it mean to you?

JJ: Cimarrón is a commitment to cultural diversity. It shows and develops our identity and how it is easy to merge with elements of other cultures, because really the ¨cimarronaje¨ was the genesis of the Dominican culture. Cimarrón bets on tolerance, by opening eyes and seeing life in another way, by understanding where we come from and not being afraid of the future. Because if we have a firm conviction of who we are and our values, the future will always be on our side.

JenD: Why ¨Cimarron¨?

JJ: For several reasons. First, the black slaves who fled their masters and took refuge in the ¨maniel¨ formed societies by merging their African customs with what they learned from the Spaniards. As I stated, this is the genesis of our culture and it must be understood in order to represent it. Then the fusions of which so much is spoken today on a global level, have existed in our country also since those times. Second, the ¨cimarronaje¨ was a process that was practiced throughout the Caribbean, so I also enclose the concept in a global way so that other cultures can also identify themselves. And third, the word "fusion" is decisive in this album for everything Afro-Dominican Jazz that we want to represent today, and because it also allows me to explore and experiment with my musical ideas and discover different ways to mix them.

JenD: What do you think, look for and expect from this album?

JJ: We are really doing a job to achieve the greatest possible exposure internationally. We are taking the necessary steps to grow professionally, so what I really expect from this album is precisely that, greater exposure.

JenD: What message are you looking to convey with the album?

JJ: Today we live in a time of transition in which a new society is taking the reins. We are no longer the same society from 20, 30, 40 years ago, and I would definitely like to contribute to make this society better and better. I would also like to help others open their eyes and understand their role in their environment and how they can contribute to it.

JenD: Which song or songs were special for you in this one?

JJ: The first single that we are going to release now in March is called "Mind Reset", and on this song we work with the Dominican folkloric rhythms Bamboulá and Salve, but in the language of modern jazz. This song was the first that I composed for the album and I deposited all my hope and faith in this recording material. Hopefully the audiences can perceive it.

I also took some folk songs and brought them into the jazz universe and in the process I discovered another universe in which they can coexist.

Also special to me are the songs that I have chosen from great composers to include in this production. We re-recorded "Compadre Pedro Juan", this version is totally different from the first one. We made an arrangement to Luis Kalaff´s "Aunque me cueste la vida". I also added a song from one of my greatest musical influences, John Coltrane, and in the album included his "Lonnie's Lament", a composition that is definitely my favorite from that artist.

JenD: On Friday, May 31, you released "Cimarrón" in the middle of a great concert at the Aída Bonnelly de Díaz Hall of the National Theater. How was the experience, what would you like to share about the event?

JJ: The experience was unforgettable. We were in front of a tremendous audience that shared with us and transmitted their energy to us. It was a very energetic concert!

JenD: Prior to the release, you had placed several songs, Mind Reset and El Maniel, through digital platforms. How was the experience, and what results did you see?

JJ: The experience of releasing singles works a lot, since it allows you to take the "temperature" of the audiences and receive first impressions before the album comes out. The result is that people comment and share, thus creating expectation of the album.

JenD: "Cimarrón" is already playing on several stations. How did you achieve the distribution of production material so quickly?

JJ: We are working with Lydia Liebman Promotions, who recently received a Grammy as a publicist for her work with the Spanish Harlem Orchestra album. She is who has been managing public relations and we have obtained results that frankly surprised me. Recently "Cimarrón" was selected by the British radio *Jazz FM* in the #3 position of the *Top 10 Jazz Albums Hot List*. Also the magazine *Jazz in Europe* included us in two of their Spotify playlists. The magazine *Latin Jazz Network* premiered "Mind Reset". The magazine *UK Vibe* wrote an excellent review of the album, and much more is expected with A*ll About Jazz, Jazziz, Latin Jazz Net, Songlines Magazine*, among other publications. As for the radio, we are playing on the national radio of the United States and every day I receive gratifying messages from programmers and industry personalities. We are very grateful for the reception this album has had with the Dominican and international listeners.

JenD: What follows in this 2019?

JJ: We are planning a promotional tour to take ¨Cimarrón¨ to different ports. There are already several confirmed dates at international festivals and other things, but we will give details later, when the tour is a little more complete. There are also already radio-scheduled interviews for what will be our summer tour of the United States

We thanked Josean for the time he dedicated to us. His smile ever present, his eyes denoting the joy of where he is at the moment. His creativity never ceases to amaze us, to rejoice, to make us proud. He wants every Dominican to be part of the message that, from the Dominican Republic, he takes to the world with his music. He is an ambassador of Ja ... Dominican Jazz, of Afro-Dominican Jazz ... but also of each one of us, 10.77 million of us, who shouts to the 4 winds our Dominican-ship through music, his music!

To end, Josean, left the following words to our readers:

"Keep an eye out for new news and enjoy this album as much as we have enjoyed it"!

This interview was published on June 5th, 2019

By using the above QR Code, your ears can enjoy Cimarrón, the CD that Josean Jacobo & Tumbao released on May 31, 2019.

Vlade Guigni

Vlade Guigni, a talented young man from San Cristobal, Dominican Republic, has always impressed us with his attentiveness, enthusiasm, way doing the unspeakable to achieve goals, doing his day to day whilst looking always forward. We have been following his career ever since his frequent visits to our live presentations in Jazz en Dominicana at Casa de Teatro, his playing in several venues with Mettro Jazz, until he received a scholarship to study at *Berklee College of Music* by way of the Michel Camilo contest.

Today, after 6 years of studies, Vlade has a *Bachelor's Degree in Music Production and Engineering* from that institution and a *Master's Degree in Contemporary Performance* at the *Berklee Global Jazz Institute*. The drummer, engineer/producer and educator, currently resides in Boston, Massachusetts. He has worked with several artists from the local and international scene in Jazz, Fusion, Gospel, Pop and other styles. A list that includes Dave Liebman, George Garzone, Anat Cohen, David Gilmore, Leo Blanco, Darcy James Argue, Danilo Montero, Lilly Goodman, among others. Guigni plays with several artists of the local scene, teaches and also runs his own project *Vlade Guigni & Directions*, with whom he is preparing the release of his first album.

Jazz en Dominicana (JenD): We begin the interview by asking Who is Vlade Guigni according to Vlade Guigni?

Vlade Guigni (VG): A man of Faith, grateful to be alive and healthy, enjoying the opportunities that life offers. Eternal student, dreamer, risky, positive, sensitive, passionate about simple things, and always willing to learn more.

JenD: How did you get started in music? Why the drums?

VG: Percussion instruments were in my hands since I can remember, because my uncles and grandparents gave me traditional Dominican instruments such as the güira and the tambora, I grew up listening to a lot of jazz unconsciously, as my father has always been a person with exquisite taste for good music. I started taking music reading and flute lessons at the Liceo

Musical de San Cristóbal, between the age of 9-10, then I quit. I formally decided to start studying guitar at age 15 with whom is my first mentor, Franklin Hollingshead, he also began to give me drum lessons, I had a couple of sticks with which I always played to the albums of the Mexican rock group Mana; but one day everything changed when I heard a cassette recording by Dave Weckl "Master Plan". That was almost 20 years ago.

JenD: Who were your influencers?

VG: So many. In my beginnings, Dave Weckl, Vinnie Colaiuta, Cliff Almond, Joel Rosenblatt, Ezequiel Francisco, Guy Frómeta, Mark Guiliana. When I went to the US to study I was exposed to so many influences such as: Ralph Peterson Jr., Terri Lyne Carrington, Brian Blade, Bill Stewart, Tony Williams, Kendrick Scott, Jack DeJohnette, Jeff "Tain" Watts, Antonio Sanchez, Roy Haynes and Elvin Jones, among others.

JenD: What about your studies.

VG: I started in San Cristóbal with Franklin Hollingshead, then at the Judah Ministerial School with David Nolasco. Parallel to that I started the Musical Education career at the Universidad

Autónoma de Santo Domingo (UASD) for 6 semesters, then I took private lessons with Ezequiel Francisco. That's when I began a solid friendship with Guy Frometa, with whom I did not take formal classes; but has been the Dominican mentor from whom I have learned the most because his teachings always transcended the instrument. Then I came to *Berklee College of Music* where I completed a *Bachelor's Degree in Music Production and Engineering* and a *Master's Degree in Contemporary Performance* at the renowned Berklee Global Jazz Institute.

JenD: You went to Berklee. How was the experience, the trip? Will you be staying there?

VG: Berklee changed my life completely, here I learned to see music as a vital element to feed the soul of human beings, with the help of incredible teachers and mentors my experience went from simply playing an instrument for passion, to a responsibility and a call to serve others through my talent. I'm trying to make my career from the United States, but my mind is always open to other possibilities, thanks to technology.

JenD: You have received many compliments for your playing, including Guy Frómeta and the world-renowned Terri Lyne Carrington. How do

you use these words, these reviews in your career?

VG: Guy and Terri have both been very influential in my way of playing and thinking, I can sum it all up by saying that I am very grateful to have the opportunity to grow under their teachings and advice.

JenD: How do you understand that you have evolved?

VG: I understand that my evolution is a process that never ends, looking from the past to today. I can say that my greatest evolution has been to understand that each of us is unique on this earth and that we have a voice to offer and feelings what to express. Our passage through life is ephemeral, therefore we should enjoy what we do to the fullest and put our hearts in at 100%, without reservations, learning to see our colleagues as brothers in a mission, not necessarily as a competition.

JenD: You are an instrumentalist, producer, educator. What do you like most?

VG: I am developing a lot of passion and determination for composition, arrangements, mixing and mastering. These things were a very important part of my training at Berklee.

JenD: Soon you will be releasing your first record: "Elevation". Tell us about the album.

VG: The album represents my first formal attempt to put original music out there. Due to the different influences it has, I have decided to categorize it as Contemporary Jazz. For me it represents a challenge to our current times. I understand that the music industry has changed a lot and that today, thanks to the advances in communication and technology, independent artists like me can start our own career without having to wait to be part of some other renowned artist or project.

What do you think, look for and expect from this album?

VG: I hope to make my music known worldwide and use this first album as a starting point to write more music, produce and record more frequently.

JenD: Who plays with you on this project?

VG: From the Dominican Republic: Ildrys Díaz (voice); Elvin Rodríguez (guitar); and Rafael Suncar (saxophones). Matt Thomson (piano and keyboards), from Australia; and, Soso Gelovani (acoustic and electric bass), from Georgia.

JenD: Which songs were special for you?

VG: Each of these songs has a special story for me, but when I think about your question, "Directions", which is the name of my band and the name of one of the songs. It is very important to me, the complete composition came to my mind in a matter of a few hours on a Friday afternoon when I was on a public transport on my way to classes. "Gratitude" was another important composition since I think we should always be grateful for what we are living. Finally I want to mention "Waiting for the time to come" composed by Elvin Rodríguez. It reminds me a lot of that time when our "Legacy Trio" played in one of your Jazz venues with our brother, bassist Roberto Reynoso.

You are sponsored by a "who is who in the industry, among them: Meinl Cymbals, Canopus Drums, Evans Drumheads, Ahead Armor Cases, Vic Firth Drumsticks. What does it mean for you and your career?

VG: Tremendous honor to be part of all these companies, especially Meinl Cymbals and Canopus Drums who have really bet on me and have supported me beyond anything I could ever imagine.

JenD: Tell us of your other plans for 2019.

VG: I'm currently finishing a *Post-Master's* in Berklee. There are many plans to keep growing. I just took part, as member on the board, of a private music school, in the outskirts of Boston, where we are teaching. I will continue to develop my online content, including new educational material that comes around. As we speak now I am preparing for a *Master Class/Performance* that I will be giving soon at the *University of Nebraska - Kearney*, my participation is thanks to Meinl Cymbals who contacted me to do it, I am very excited since it is my first international Master Class of this magnitude, and thus I see another of my dreams materialize.

We thanked Vlade for all the time he dedicated to us. We are very proud of him, of the steps he is taking. At the same time we take the opportunity to congratulate him on the recent article on him, published in *Drumming Review "Vlade Guigni: One of the Greatest Modern Day Fusion Drummers"*.

Finally, Vlade, his parting words were:

"I thank all the readers and you for the opportunity of this interview, always wishing the best for jazz in my homeland, hoping to soon share my music there with all of you"!

This interview was published on July 31st, 2019.

The above QR will take you to visit the YouTube channel page of drummer Vlade Guigni.

Alexis Mendez

When we started "Jazz en Dominicana - The Interview Series", the idea was to publish several conversations had with musicians, and through each interview make these known to our readers. With this publication we extend the scope, presenting other actors in the jazz scenario in our country. So to the interviews of our musicians will be added those made to producers of radio programs, festivals and events, educators and others.

It is a great pleasure and honor for us, to begin this phase with radio producer, writer, communicator, cultural promoter, and especially a great friend, Alexis Mendez, whose Musica Maestro radio program turns 17 this September!

Méndez is a graphic designer, a master in communication, a degree in advertising, and has also studied at the National School of Visual Arts. He is a professor of social sciences with vast experience in the coordination of academic projects in the field of social research, with an emphasis on the study of identity. He is also a seasoned Dominican and Caribbean music researcher, and producer of community documentaries and radio programs.

Alexis is the author of the books: "Salsa desde mi balcón. Relatos y alegatos de un melómano (Salsa from my balcony. Stories and allegations of a music lover)" (2014), and "Vinculaciones. Miradas a la relación musical entre Colombia y la República Dominicana (Bonds and looks at the musical relationship between Colombia and the Dominican Republic)" (2018). Articles of his are in the following publications: "El merengue en la cultura dominicana y caribeña. Memorias del I Congreso Internacional Música, Identidad y Cultura en el Caribe (Merengue in Dominican and Caribbean culture. Memories of the I International Congress Music, Identity and Culture in the Caribbean)" (2006); "El son y la salsa en la identidad del Caribe. Memorias del II Congreso Internacional Música, Identidad y Cultura en el Caribe (Son and salsa in the identity of the Caribbean. Memories of the II International Congress Music, Identity and Culture in the Caribbean)" (2008); "El bolero en la cultura caribeña y su proyección universal. Memorias del II Congreso Internacional Música, Identidad y Cultura en el Caribe (The bolero in the Caribbean culture and its universal projection. Memories of the II International Congress of Music, Identity and Culture in the Caribbean)" (2010). He is co-author of "Colombia – República Dominicana, puentes musicales sobre el mar Caribe (Colombia - Dominican Republic, musical bridges over the Caribbean Sea)" (2017).

It´s not very difficult to share a cup of coffee. Start on one subject, then moving on to 15 others, is normal amongst us. The "chat" we had a couple of weeks ago is what we share as follows:

Jazz in Dominican (JenD): How did you to get into music?

Alexis Méndez (AM): My beginnings in musical appreciation began as a child, observing the Long Play Record covers had by my father and uncle; reading the liners and credits, and trying to draw the images I saw in them, while they listened to the music. In addition, in my childhood I was able to study guitar and learn some percussion instruments, as an adolescent I participated in musical groups in the neighborhood and in the university. All this contributed in me to develop a special sensitivity to different genres and styles.

JenD: Who were your influencers?

AM: As I said, my father, that besides being a musician, since before I was born has been a collector, and my uncle Wilfredo, who is only a few years older than me, and from whom I inherited the passion for Salsa, Rock and Brazilian music.

JenD: How did you get into radio?

AM: I started collaborating in the salsa and son radio programs that my father has been producing it since the 90's. By the year 2000, I was collaborating with Mildred Charlot, in front of the microphone, in her program "Hablando en la cadena" on CDN Radio. She and I conducted dialogues related to the history of popular music. That same year, Yaqui Núñez del Risco became my teacher. With him I worked on "Aquí Yaqui", first on Z-101, and then on Cielo-103 and CDN Radio. I also produced television with him, until the opportunity came to do Musica Maestro, and other radio projects, at home and abroad.

JenD: What is Musica Maestro? How was it conceived?

AM: Musica Maestro is a radio program where, through music, we value the Caribbean's identity. This project was aired in September 2002 by CDN Radio; but it had been drawn up several years before, inspired by programs like Cesar Namnum´s Compasillo; Raquel Vicini and Jose Guerrero´s Besos y Abrazos con Raquel y Jose; and the programming grid of the radio station of the University of Puerto Rico. Of course, it was born with the discipline and identity that I was acquiring with Yaqui Núñez del Risco.

JenD: How do you prepare each program? How do you choose the music? The interviewees?

AM: The program has a script that we try to achieve 100%, and that is prepared during the week, via open discussions with each of the team members. We start from important dates (such as the Centenary of Casandra Damirón that is commemorated this year; International Jazz Day, April 30; or the birthday of a musical album); important events such as the celebration of the Grammys or Oscars, or a concert to be held in the country). From there a concept is conceived, from which the musical content and dialogues are derived.

JenD: Throughout these years, how has the program evolved?

AM: While still putting on music, over time the program has become a sort of social gathering. Hence, our motto is to tell and sing the history of the Caribbean. The same happens when we have as invitees musicians, or other types of artists, whom we listen as they value the works of others. Today we use technology to be able to interview musicians who are anywhere in the world. A resource that was conceived with the program are the audio reports; that with time have been taking a good hold.

JenD: The program has given birth to "Música Maestro Fuera de Cabina" (Musica Maestro Out of the Cabin) and the Musica Maestro Foundation, tell us about these initiatives?

AM: One day we decided to socialize with the listeners beyond the 2 hours of the program. Thus we began to make gatherings related to music, which were becoming important. That's where Música Maestro Fuera de Cabina (Musica Maestro Out of the Cabin) was conceived. As for the foundation, the interest came from preserving registries of the members of the program (books, records), as well as each one of the episodes made. Little by little, interest in doing other tasks grew, such as music appreciation workshops for children. Today we have a solid foundation that works from Santo Domingo in the Dominican Republic, and Medellín in Colombia. From Colombia we take care of supporting writers with texts related to music. We are already working on editorial projects.

JenD: What do you think of jazz in our country today?

AM: Jazz in the Dominican Republic is experiencing a creative boom like never seen, thanks to a generation of musicians who, in addition to training, have more access to foreign music, as well as being aware of the importance of our expressions. To this we add the opportunity to present their work in various venues. And those who record have the support of radio stations and programs that are broadcasting jazz fully or partially.

JenD: What do you think of the actors in jazz today?

AM: Today, very talented veterans and young people are co-existing, which can be defined as a stage where diversity is law.

JenD: Give us your opinions about:

Jazz festivals in the country.

There are very good ones, regular ones and others that do not deserve to have the name of festival; But the existence of those offerings speaks very well of the rise of the jazz scene in our country.

The events.

Those are the first motivators for groups of all sizes to emerge at all times. My respect for the work Jazz en Dominicana has done in that regard, which has marked a before and after.

The media and jazz.

Of the traditional media, radio is the one that supports the most. It has always been like this. Today we have programs that, although they do not have jazz-based content in their entirety, open the doors to different performers.

A deserving recognition to Quisqueya FM, a station that in addition to hosting some of the aforementioned programs, has a considerable share of jazz on its regular programming grid. In addition to radio, social networks and digital media are the other pillars of the aforementioned support. The other media have not played an important role.

JenD: Is there, for you, an Afro Dominican Jazz? What do you think of it?

AM: There is a movement of musicians who are in search of our African heritage through music, it begins to be reflected in a lot of their music. We can say that the movement is in a period of gestation. What follows is constancy and time will tell. And hopefully we will start calling it Jazz Afro Dominicano, in Spanish. Let all others be responsible for interpreting what we say, so that the Dominican character start from the moment we make a reference to it.

JenD: Doors continue to open for our jazz at festivals and events abroad; groups such as Retro Jazz, Oscar Micheli Trio, The Dominican Jazz Project, Isaac Hernandez, Yasser Tejeda & Palotré and Josean Jacobo & Tumbao have assisted; What does this mean for jazz in the country?

AM: With these groups a new assessment of the Dominican representation in music begins. For example, in Colombian cities such as Barranquilla and Mompox, they already know that Dominicans don't just make merengue and bachata. There they told me about the work of Retro Jazz and Josean Jacobo and Tumbao. I have also spoken with percussionists who have interacted with Edgar Molina. I think that this will grow as proposals continue to develop and the conditions are in place for more interpreters to travel abroad.

JenD: What plans are in store for Alexis Mendez in 2019?

AM: At the time of answering these questions, a book of my authorship is circulating in Colombia. We are constantly traveling to present it in several cities of the Colombian territory. We also plan to make a presentation in Santo Domingo. In addition, I am immersed in the revision of another text that I published in 2014, for a second edition. The other is to follow the work of the foundation and achieve greater international projection of the Musica Maestro radio program, through special broadcasts. In fact, we have already started with transmissions from Lima, in Peru, and we are still looking for more.

My heartfelt gratitude to Alexis; for his time, work, dedication, for his devotion, love and passion for and in everything he does. It is with pride and honor that we have him as a friend, as a partner in arms, as a participant in many of the pages of the history Jazz ... en Dominicana!

Musica Maestro

Producer and Host: Alexis Mendez

Radio Program is on Dial: 96.1FM

May be listened to on the internet at:

http://quisqueyafmrd.com

Sundays from 3-5PM (Dominican Republic time)

This interview was published on September 27th, 2019

The Musica Maestro radio program airs on Quisqueya FM radio station, and can be accessed via the link found in the QR above.

Raquel Vicini

On September 27, giving a turn to our series of interviews, for the first time we published an interview with another jazz actor in our country, who is not a musician. We shared with our readers the conversation with radio producer Alexis Mendez. Today we continue with this line and we do it with Raquelita, with whom sharing is always a very pleasant experience. Her sweetness, joy, humility and simplicity, her dedication to the musical culture of our country means that time always goes by as if nothing; and that we are always awaiting the next meeting with great enthusiasm. This was no different from the many that we have had, and surely those to follow.

She shared a brief biography with us and in her own words we introduce you to Raquel Vicini:

"I was born in Santo Domingo from parents who loved me from the moment of conception. I studied at the Instituto Escuela, Colegio Santo Domingo, Rosarian Academy, Marymount College of Virginia and Autonomous University of Santo Domingo. I graduated with a degree in Modern Languages, English. I have taken many courses, seminars and workshops that have taught me to live better and without complaints and to overcome my fears. I am happily married, I have no children but a lot of nephews and godchildren whom I adore. Life has been pleasant and generous for me. I am cheerful, supportive and loving. I live in total harmony with the world and with me. I worked at Care-Dominicana, Dominican Development Bank and Bancredicard. I am a host and co-producer of the radio show "Besos y Abrazos con Raquel y Jose"

"I am an ordinary woman, romantic, humble, sensitive, full of life and joy, a liceista (a fan of Dominican Baseball team Licey), *anti-those-who-rule-and-pretend-to govern*, a lover of travel, my husband and ripe plantains".

Jazz en Dominicana (JenD): How do you get started in music? Who influenced you?

Raquel Vicini (RV): As a child my dad was crazy about music, and always turned on the house radios. I think that's where my love for boleros comes from. Then I went to school and became crazy about rock. As an adult I got to know classical music, jazz and other genres. I'm wild about Rubén Blades, the baroque and others.

JenD: How di you get started in radio?

RV: My dear Teo Veras (RIP) got me excited about entering HIN Radio. Joe Bonilla seconded. The motion Those were very beautiful times with Porfirio Herrera (RIP), Camilo Casanova, Bernardo Vargas, Pepe Duran, Ramon Arturo Blandino, Camilito Thodemann and other colleagues as important as those I mentioned. The program was Experiment-22, on Sundays at 6 pm, sometimes I came directly from the beach full of sand and dried seawater.

JenD: When did Besos y Abrazos con Raquel y Jose originate?

RV: When Juan Luis Guerra took over the management of Viva FM (1995), he invited José and I to be part of the best radio programming ever made in our country, creative and original like none other. We had two hours a day at night. Excellent and fun experience. Then we moved to La Estación 97.7 FM, of the Listín communication group, where we have just celebrated 19 years of uninterrupted transmission, incredible, right? In total we have been on the radio for 24 years, easy to write and hard to believe!

JenD: The program has been on several stations. What would you highlight from each one?

RV: Each phase had its own highlights. VIVA was total adventure and enjoyment, with creative and cool companions, Juan Luis Guerra hanging around, we stated the hours in different languages, the fatigue after a day of work ... we met good people that we still have as friends. The best of being on Listin, besides being on from6-8 pm, is meeting up with Jose after a day of work and being able to evade the traffic seated in air conditioning while our fans listen to us in their cars and their traffic jams.

JenD: How do you prepare each program? How do you choose the music?

RV: At the beginning-in VIVA-we prepared scripts and helped each other with encyclopaedias and others. As time went by, we gradually changed to what we wanted to hear at the time, whether they were new albums or some music in particular. We give out any important news that arises, to which José always has something to say. Also the music of the interviewees, which always enriches the program.

JenD: How do you choose the interviewees?

RV: Many times they choose us! We like to support people, groups, new ideas that come up, offer them the program so that they can make themselves known, it is a way to grow with them. We also look for the "famous" musicians who come to the country or who are our friends and are in the world of music (Juan Luis Guerra, Maridalia Hernandez, Gato Barbieri, Gal Costa, etc.) We try to have interviewees that have to do with music, culture, education.

JenD: Throughout the years, how has the program evolved? What is the current format?

RV: I don't think we've varied the format much. We have 15-minute blocks of music followed by commercials and program identification, after which we intervene. We currently have a section called "Facts and Facts in Besos y Abrazos" and on Fridays we have Brazilian music. A new section will be airing soon after you read this interview.

JenD: What do you think of jazz in the country today? How do you see it compared to 5 years, 10 years ago?

RV: I think that jazz in our country has taken a great leap! If Frederick Astwood was alive he would say the same. Its growth and quality is undeniable. Amongst others, is Fernando Rodríguez de Mondesert who has a lot to do with this phenomenon by being in charge of making known and presenting new and known groups, with consistency and professionalism. There are plenty of young people who study jazz formally here (UNPHU, Conservatory of Music), and abroad. That was not seen a decade ago.

JenD: Give us your opinions about: Jazz festivals in the country, regular and periodic events?

RV: These three constitute a step forward and a great achievement for the jazz community (mainly musicians and jazz fans). For example, the best national jazz festival (Dominican Republic Jazz Festival, North Zone), has been presenting itself constantly for 23 years, and is of free admission. The other festivals and events fulfil their function and give us, lovers of the genre, a lot of satisfaction because they offer us jazz frequently.

JenD: What do you say about the media and jazz?

RV: The media (radio and social networks) have served to spread and highlight the genre, to get it out of the exclusive place where it was located and reach larger groups of people. I must mention the medium that welcomed me (Station 97.7 FM) and Quisqueya

FM, as great "supporters" of jazz, through the different programs that we present freely.

JenD: Is there an Afro-Dominican Jazz for you? What do you think of it?

RV: Of course, and I love it because I identify 100% with the mixing of my roots with jazz. We have Josean Jacobo, Yasser Tejada, Alex Díaz, The Dominican Jazz Project, among others, who show the beauty of mixing our roots with jazz.

JenD: Doors continue to open for our jazz at festivals and events abroad. What does this mean for jazz in the country?

RV: What it is: that we are very good and finally it´s our turn to make ourselves known beyond our borders.

JenD: What plans in 2019 are there for Raquel and Jose?

RV: Well, in addition to the two new sections already mentioned, we are in the final stretch of the year and do not envision any special plans. In 2020 we will see what we do to improve and keep the listeners who have been so faithful in 24 years excited.

To close, I asked Raquelita to add anything else, and this is what she replied:

"For me, working on the radio has been an experience rich in emotions, love, laughter and a long etcetera, I feel totally identified with what we do daily from 6 to 8 pm and I am very grateful for the media that have welcomed us and the acceptance from such a large audience. "Besos y Abrazos con Raquel y José" has been a blessing from God"!

Besos y Abrazos con Raquel y Jose

Producers and Hosts: Raquel Vicini & José Guerrero

Radio Program is on Dial: 97.7FM

May be listened to on the internet at:
www.estacion977.com

Mondays through Fridays, 6-8PM (Dominican Republic time)

This interview was published on November 4th, 2019

The QR that appears above will take you to 97.7FM Station's website, there you can enjoy the program: Besos y Abrazos con Raquel y Jose!

Cesar Namnúm

After publishing the interviews with radio producers and hosts Alexis Mendez and Raquel Vicini, we met with Cesar Namnum to, while enjoying a cigar-a pleasure we both share-talk about our friendship, our chores, jazz and many other subjects. Some are here, others were left up among the puffs of smoke.

Cesar is very special, always restless. Besides music and song, he studied theater, painting and sculpture for some time. He is a multi instrumentalist, founder and leader of the renowned music group Maniel, writer, poet and radio host, producer and broadcaster (Director of Quisqueya FM 96.1 y producer of Compasillo radio program which airs on the same station, and his internet station compasillo.com). All these activities, although different, complement each other; they all have his personal touch, his signature.

Between puffs he confided that his greatest work has been to preserve and exhibit genres of Dominican popular music. And he immediately tells me:

"You know, I have spent a good part of my years demonstrating the authenticity of the Dominican Son. Remember that I studied sociology. Seeking an answer has been part of my approach to music. Be these responses to a personal concern or a collective matter."

The following is the result of our conversation:

Jazz en Dominicana (JenD): We started the interview by asking, Who is Cesar Namnum according to Cesar Namnum"?

Cesar Namnum (CN): I define myself as a musician, writer and radio broadcaster. And I hope to continue being them all!!

JenD: You are a musician, bandleader, radio broadcaster, and writer. How do you do it? Which of these "hats" is the one that best suits you?

CN: They all serve me ¨compadre¨. One has the possibility of being many things. If something I regret is having left the theater.

JenD: How did you get started in music? Who influenced you?

CN: In my hometown's school. My first teacher was Don Luis Cadena, professor to a whole generation of musicians from San Juan de la Maguana. Then I went to Bellas Artes (Fine Arts School) and received instructions from several good teachers, amongst them Don Carías, father of Guillo, which is from San Juan as well. A special mention to Dona Monina.

JenD: How did you get started in radio?

CN: While studying theater in Fine Arts in San Juan, we did vocal practices in the radio stations, especially Radio Centro. My contact with radio began there. It is worth noting that our theater teacher was the legendary actor, Danilo Taveras.

JenD: About your history in radio. How has the trip been?

CN: Many years later, I don't remember well why (80ish) I started working in the morning programming of the radio station La Superpotente, belonging to Jose Semorille. Not for pay, but a trade-off so that they gave me a two-hour slot at noon, called "Compás de Son". As far as "Compasillo" is concerned, it began as a morning segment in Carmen

Imbert´s "Matutino Alternativo". Then, my dear Mariant de la Mota gave me a slot in Dominicana FM. I remember sharing time at noon with Federico Astwood for more than a year. At that time, it was a already musical program.

JenD: What is Compasillo?

CN: It is a musical program where national, Caribbean and world music is presented. From Dominicana FM, it moved to ZOL 106.5FM for a couple of years . And, from there to its actual home for more than twenty years: Quisqueya FM

JenD: How did you think of putting together the structure of the program and the station as 24/7 and online?

CN: It turns out that I already knew the value of the Internet. When I get a little arrogant, I say that compasillo.com was the first independent radio station in the country on the Internet. When I'm not arrogant, I say the same ... hahaha. When you are on the Internet, you should know that they listen to you from all over the world, so you need 24/7 ... the schedules are different.

JenD: How do you prepare the programs? How do you choose the music? How do you choose the interviewees?

CN: It turns out that, over the years, it becomes almost mechanical. One should have a good diverse and current music collection. Recognize which guest can contribute to the people who listen to you. It´s a daily program, sometimes it gets complicated, but one always gets through!

JenD: How do you handle the rest of the days programming?

CN: What I do is enter data and organize it, so that when I prepare on Tuesday, for example, a series of premises have already been chosen that the machine distinguishes. So, on any given day, the computer responds as they should.

JenD: Who is with you in the cabin, and what role does each one have?

CN: On Mondays, I'm with Ivan (Fernandez). He really is, the producer for the jazz day. The rest of the days I am alone, unless there are guests.

JenD: Throughout these years, how has the program evolved? And what is the current format?

CN: I have not had to change much, Fernando. At the beginning, it was a novelty. Today, I think, it is an institution. Naturally, I never neglect "keeping up" with the music that interests all of us.

JenD: You have done many programs out of cabin, covering most of the country's festivals, concerts abroad, events, and others. Tell us about these initiatives?

CN: It turns out that the cabin is boring sometimes ... hahaha. No, it's not that. I have lived in other countries, I managed to listen to the American public radio. I saw that something like that was missing in our country; until then, only the baseball game broadcasts were known. I configured a series of equipment that would allow it to be done, but with musical events. As you know that we have been through a lot, however, we continue. It has its grace and its followers. Ivan Fernandez almost always accompanies me on these broadcasts.

JenD: What do you think of jazz in the country today? How do you see it compared to 10 years ago?

CN: You have done a huge job, ¨compadre¨. Providing musicians with venues to play, it´s what is needed. We are better with jazz and with the study of music. Both things go together. Several festivals a year, each one better and of incredible quality. New venues have been opened, some of which have depended on you. We keep going forward, compadre.

JenD: Is there an Afro Dominican Jazz for you? What do you think of it?

CN: It exists. It is a word that I don't like. We are no longer African or European, we are Caribbean. However, taken as a nomenclature, as a word to identify and differentiate, it is correct. Yes, there is a tendency towards Afro Dominican Jazz, and it's good!!

JenD: What plans in this 2019 are there for Cesar Namnum?

CN: Well ... hahaha, to continue as Director of Quisqueya FM and leader of my musical group Maniel . A story book is ready and waiting for publication, and a novel, for the first time, is in my head, I have yet to write the first line ... hahaha ... but that will come. The rest is to survive.

I thanked my friend, my brother, my partner of countless battles, who shares the mission of making jazz known in this, our backyard. Cesar is very simple, although with unimaginable depth. He is humble. One of these days tif you see him out there, greet and thank him, because what he does, and all these cultural promoters, for music via the radio is something outstanding. Love, passion, dedication and spirit of comprehension, with much patience, as each program entertains, enriches and expands, thus contributing to the culture of music, especially Jazz, in our country.

To close I asked him if he would like to add anything else with our readers

"We must continue supporting these things. Go to the concerts, continue studying, listen to the programs that interest us, create a circle of support that allows us not to disappear. The enemies are many, let's be more than them".

Compasillo Radio

Producer and Host: César Namnúm

Radio Program is on Dial: Quisqueya 96.1FM y Radio Santo Domingo 620AM

May be listened to on the internet at:
www.compasillo.com

Mondays through Fridays, 8-10PM (Dominican Republic time)

This interview was published on November 17th, 2019

The QR above will take you to the Compasillo internet radio station website, and from there you can enjoy Cesar Namnum's radio proposals.

Cesar Payamps

Today we are honored to publish the questions and answers that resulted from a very pleasant meeting with our great friend Cesar Payamps, producer of the program Espacio Universal, which is transmitted from Santiago de los Caballeros.

Cesar Felix Payamps is a native of Santiago, graduated from the UTESA School of Architecture. He has practiced architecture since 1992, participating to this date in various architectural projects, designed and executed by him. In addition, since his professional beginnings, he has maintained a continuous interest in the investigation and dissemination of the country's heritage, participating in various national and international institutions related to this purpose. His interest in cultural heritage, served to become a Fellow of the American Institute of Conservation (AIC); and of the European Union - Lome IV, Cariforo. He obtained a Masters in Conservation of Monuments and Cultural Assets 2002-03 (UNPHU); is a University Professor of UTESA and PUCMM.

Fernando Rodriguez | 199

He is also a member of the board of GRUFOS; a member of ICOMOS, CARIMOS, CIAV, the Palm Foundation, EWP, AICA/ADCA; was awarded the honorable mention of the International Architecture Biennial of Santo Domingo. Highlighted were his critiques in national media in 2009, by the Association of National Critics. He is a founding member and director of the GRUFOS Photographic Collective. He has exhibited in the Dominican Republic, Cuba, USA, France, and Seoul, Korea; He has been guest speaker at National and Foreign Seminars (Paris and Honduras).

Then there is his trajectory in radio production, since 1998 in which his program Espacio Universal stands out, and is co-author of the book "The Monument to the Heroes of the Restoration, History and Architecture", 2008. He has also published his reflections on conservation issues, art and architecture in different media. He is currently the Museum Director at the Utesa Dominican Convention and Culture Center, where in 2018 he inaugurated a museum dedicated to the Dominican provinces, as seen from its iconographic architecture.

It has been a great honor to have participated in several of his programs. Many a get together that always revolve around jazz in and out of our country.

The following interview, the result of our encounter:

Jazz en Dominicana (JenD): Who is Cesar Payamps according to Cesar Payamps"?

Cesar Payamps (CP): A multi-faceted man who started, more than two decades ago, multiple work interests, and they all still continue to have importance: husband, father, son, teacher, architect, artist, photographer, radio broadcaster, museum designer.. In short, sometimes everything coincides and becomes complicated, but many times I can enjoy everything when it is in its right place.

JenD: How did you initiate in music? Who influenced you?

CP: I always liked to listen to something different, as well as enjoy movies, theater. Studying Arquitectura for endless hours connected me with a creative world of sound that I had to explore so as to be in harmony with my design processes. This is how classical music, Jazz, rock and pop appeared. As well a lot of Trova and Brazilian music.

JenD: How do you get started in radio?

CP: The radio arose as a result of a small collection of music that I was receiving from my family in France, I listened a couple of times to Viva FM, a radio station whose content was World Music and I decided to go ahead with a proposal for radio production of similar music.

JenD: From architecture to radio, how was the trip?

CP: The journey continues. I don't think it's ever over for me. The soundtrack of my architect training is very varied, so it allowed me to be the creator of a spot like my radio program. In these 21 years, I have sometimes wondered if I have made my program or if it has made me. I think I am creative in my broadcasts thanks to my global training as an architect.

JenD: What is Espacio Universal? When was it conceived?

CP: Espacio Universal is the dream, of a better radio program for my city. I started complaining that they should improve the radio and its proposals. This is how my personal contribution to the radio musical environment of my region was born, back in distant 1998. Three years later I was invited to participate in s proposal of national radio access via the Quisqueya FM, that transmits out of Santo Domingo, becoming, without this being an ego trip, in the first program in the history of the Dominican FM radio that has been broadcast for more than 1,000 weekly broadcasts in Santo Domingo from another province.

JenD: Where did you get or think of the motto: "Music without borders"?

CP: That motto was conceived from being able to establish that with our radio proposal, we would not have limitations of genres, languages, countries, or styles. That what prevailed, and still does, is the quality of the music. From the first day we saw and showed that there were no borders to enjoying good music.

JenD: How do you prepare each program? How do you choose music and interviewees?

CP: Those who know my program know that each Saturday I pretend to bring a cross-sectional theme to the music, that goes together with the ideas of the songs, titles and harmonies that are related to the theme we are developing. I am convinced today, that the form and the introduction that is made to a song turns it into a new sound experience. The program aims to be more musical than dialogue. I have my own conceptions of things and express them. Occasionally I think about an interviewee but always related to the theme of each program. It is not common, but almost all of my broadcasts have that mystery that comes from a monologue.

JenD: Who accompanies you in the cabin, and what role does each one have?

CP: Espacio Universal was born as a duet. Then I have always stayed on and have managed to insert different people to the offering. Benjamin Garcia was my partner, then I was alone for many years. Then enthusiasts such as Jose Manuel Antuñano appeared, and served me as support for various years. Also Barbara Hernández and Francis Díaz. In short, it´s a spot so plural that even the audience that listens chooses music on occasions.

JenD: How has the program evolved?

CP: World Music has always been its north, this has not changed over time. The last half hour of the program is just jazz. As the years have gone by, jazz has permeated the music on each program's subject matter. I have reached very interesting conclusions musically, relating Jazz as the most representative manifestation of Contemporary World Music.

JenD: You have done more than several programs outside the cabin: in concerts, festivals, International Jazz Day and others. Tell us about these initiatives.

CP: Needs make you creative. I have been on Quisqueya FM for 19 years, which made me, a little bit over 6 years ago, be able to transmit my program from anywhere. As you know, I'm in Santiago and one of my Cibao stations is in La Vega. This forced me to have equipment in my office and at home to transmit my broadcasts via the internet that are then retransmitted by the stations I have access to: two in Cibao and 96.1FM in Santo Domingo. From the beach, the mountains or in a mall, even from New York on multiple times, we have made our broadcasts. I would say that I am not afraid of being my own technician, as well as the producer.

JenD: You also like to use various additional or external resources, such as the Podcast. Tell us about these.

CP: The podcast is a very popular resource nowadays. I am a podcast producer from this country. I have programs published for quite some time. For18 years I have been placing my programs on different sites. Currently my pods are in the mixcloud site: Espacio Universal. The value of this is that you can listen to the show whenever and whenever you can, leaving it on pause and returning to that episode whenever you want. That is a podcast.

JenD: What do you think of jazz in our country today? How do you see it compared to 10 years ago?

CP: Jazz has become a real genre for me. Before we could consider that we had a couple of groups that played this music. We have today sub genres of local jazz, which speaks of a development and variety that has undoubtedly encouraged festival venues and those that have been developed in private venues on a regular basis, such as the proposals that Jazz en Dominicana has presented.

JenD: Is there an Afro Dominica Jazz for you?

CP: It has certainly been the tendency to look to our afro roots. And those musical genres that have been permeated by jazz have been studied. But to my liking, we must also study other Dominican roots, to mention one, the Hispanic.

JenD: Give us your opinions about:

Jazz festivals in the country.

They have grown a lot and a few have become more solid. We have learned the way international musicians move. Some are called festivals and I see them more as a presentation lasting a little while or a day. This is my very personal opinion and without taking credit away from those important efforts that are made in different scenarios of the national geography.

Regular events.

No doubt they have generated a more diverse and solid audience every day and of different generations. I see them very positive for Jazz.

Periodic events.

They help to see international and local musicians, celebrate specific dates of the year. We mention Christmas, International Jazz Day and a few themed events.

The media and jazz.

Jazz is still thought to be a genre for groups of connoisseurs. I don't see it that way. I think that jazz has penetrated the population in a very natural way. There is a jazz for each one of our likings.

JenD: What plans are there for Cesar Payamps in the coming year?

CP: My plans for 2020 in regards to my radio program is to have my online station continuously on my site: Www.espaciouniversal.com. I would like to get into that so I can share more with my audience on a regular basis.

We thanked Cesar for the time taken to generate this window that allows us to see the radio producer and his Espacio Universal. We asked if he would like to add something additional with our readers, to which he responded:

"I would love to thank everyone who has always supported my proposal. That have opened their homes and their time to enjoy the music of their choice. To listen to this country boy who transmits from Santiago to the whole country. I will tell you a secret: I am proud to have been the only one who transmits to Santo Domingo from the countryside"!

Espacio Universal, La música sin fronteras

Producer and Host: César Payamps

Radio Program is on Dial: Quisqueya 96.1FM in Santo Domingo and Estudio 97.9FM in Santiago

May be listened to on the internet at: www.espaciouniversal.com

Saturdays, 11AM-1PM

This interview was published on December 8th, 2019 (Dominican Republic time)

Espacio Universal has its own web page, and in it you will find all the proposals that Cesar Payamps prepares for his audience. The QR above will take you to it.

Sobre el Autor

Fernando Rodríguez De Mondesert nació en Santo Domingo, República Dominicana; a muy temprana edad se mudó a los Estados Unidos donde vivió y fue al colegio en Hempstead, NY. Luego estudió en la Universidad de Houston y ejerció su carrera inicialmente con los Hilton Hotels hasta 1982 cuando regresó a su país de origen. De 1983 a 2008 se dedicó al sector de transporte y logística de carga; habiendo sido, entre otros: Gerente de Operaciones de Island Couriers / Fedex; Gerente - División Aérea para Caribetrans, y Country Manager de DHL.

En el 2006, creó Jazz en Dominicana, y desde 2008 se ha dedicado a informar, promover, posicionar y desarrollar el jazz en el país y el jazz dominicano en el mundo. Via Jazz en Dominicana, el gestor y promotor cultural ha desarrollado una serie de productos y servicios que complementan la misión elegida para este género musical.

Estos incluyen: - Escritor: además del blog, sus artículos han sido publicados en periódicos nacionales dominicanos como: "Listín Diario", "Hoy", "El Caribe" y "Diario Libre"; escribe en el famoso All About Jazz en inglés. - Es miembro de la Asociación de Periodistas de Jazz. - Creador y productor de locales de jazz en vivo: estos han celebrado más de 1.100 eventos en menos de doce años.; actualmente son Fiesta Sunset Jazz y Jazz Nights at Acropolis en la ciudad de Santo Domingo. - Productor de conciertos: se destaca el World Jazz Circuit, en el que se presentaron grandes como Peter Erskine, John Patitucci, Frank Gambale y Alex Acuña; los conciertos que durante 8 años consecutivos se han presentado como parte del Día Internacional del Jazz, entre otros. - Escritor de Liner Notes y productor de lanzamientos de producción discográfica.; hasta la fecha, ha escrito Liner Notes para 10 álbumes y producido 9 conciertos de lanzamiento. - Otros: Orador en eventos y otros sobre el género; participación en programas de radio; llevando grupos dominicanos a festivales internacionales; y, miembro del panel de jueces para el Concurso Anual del 7 Virtual Jazz Club, entre otros. - Ha recibido muchos reconocimientos, entre ellos: los Ministerios de Turismo y Cultura de la República Dominicana, UNESCO, Centro León, Día Internacional del Jazz, Instituto de Jazz Herbie Hancock, Casa de Teatro, Festival de Arte Vivo, MusicEd Fest, en 2012 el Casandra (Oscar / Grammys de República Dominicana).

Por lo anterior, Fernando ha contribuido y continuará contribuyendo a la cultura de la música, especialmente el jazz, en la República Dominicana.

About the Author

Fernando Rodriguez De Mondesert was born in Santo Domingo, Dominican Republic; at a very young age moved to the United States where he lived and went to school in Hempstead, NY. He then studied at the University of Houston and exercised his early career with Hilton Hotels until 1982 when he returned to his home country. From 1983 to 2008 dedicated to the transport and freight logistics sector; having been, among others: Operations Manager of Island Couriers/ Fedex; Manager - Air Division for Caribetrans, and Country Manager of DHL. In 2006, he created Jazz en Dominicana, and since 2008 he has been dedicated to informing, promoting, positioning and developing jazz in the country and Dominican jazz to the world. Via Jazz en Dominicana, the cultural gestor and promoter has developed a series of products and services that complement the mission chosen for this musical genre. These include: - Writer: Besides the Blog; his articles have been published in Dominican national newspapers such as: "Listín Diario", "Hoy", "El Caribe" and "Diario Libre". He writes in the famous All About Jazz in English. He is a member of the Jazz Journalist Association. - Creator and producer of live Jazz venues: these have held more than 1,100 events in less than twelve years. They are currently Fiesta Sunset Jazz and Jazz Nights at Acropolis in the city of Santo Domingo. - Concert Producer: The World Jazz

Circuit stands out, in which greats such as Peter Erskine, John Patitucci, Frank Gambale and Alex Acuña were presented; the concerts that for 8 consecutive years have been performed as part of International Jazz Day, among others. - Liner Notes writer and producer of record production releases. To date he has written the Liner Notes for 10 albums, and produced 9 release concerts. - Others: Speaker in events and others on the genre; participation in radio programs; taking Dominican groups to international festivals; and, member of the panel of judges for the 7 Virtual Jazz Club Contest, among others. - He has received many awards, including: the Ministries of Tourism and Culture of the Dominican Republic, UNESCO, Centro Leon, International Jazz Day, Herbie Hancock Institute of Jazz, Casa de Teatro, Festival de Arte Vivo, MusicEd Fest, in 2012 the Casandra (Dominican Republic´s Oscars/Grammys). By the above mentioned, Fernando has and will continue to contribute to the culture of music, especially Jazz, in the Dominican Republic.

Interviewee Photographs

Hedrich Baéz - *Pianista*
[Spanish Page 1 / English Page 106]

Marcio García - *Pianista*
[Spanish Page 9 / English Page 114]

Patricio Bonilla - *Trombonista*
[Spanish Page 18 / English Page 123]

Juan Francisco Ordóñez - *Guitarrista*
[Spanish Page 27 / English Page 131]

Alfredo Balcácer - *Guitarrista*
[Spanish Page 34 / English Page 138]

Josean Jacobo - *Pianista*
[Spanish Page 45 / English Page 149]

Vlade Guigni - *Baterista*
[Spanish Page 56 / English Page 160]

Alexis Méndez - *Productor Radial*
[Spanish Page 65 / English Page 169]

Raquel Vicini - *Productor Radial*
[Spanish Page 76 / English Page 180]

César Namnúm - *Productor Radial*
[Spanish Page 85 / English Page 189]

César Payamps - *Productor Radial*
[Spanish Page 94 / English Page 198]

www.ingramcontent.com/pod-product-compliance
Lightning Source LLC
LaVergne TN
LVHW091637070526
838199LV00044B/1107